年前——人類は滅亡の淵《ふち》に立たされた。
黒地平》より来たりし魔王の手によって。
して現在……。

魔王が家賃を払ってくれない

The king of darkness doesn't pay the rent.

[著] 伊藤ヒロ
[イラスト] 魚

Characters

魔王アーザ一四世
異世界《暗黒地平》から来た魔王で、最強の魔導師。

高良多義経《たからだよしつね》（ヨシツネ）
主人公。高校二年生。大家の息子。

供崎宮子《ともざきみやこ》（トモザキ）
ヨシツネの幼馴染のクラスメイト。もと〝女戦士〟。

ウィトゲンシュタイン将軍
魔族軍の司令官で、魔王の忠臣。銀河暗黒剣の使い手。

ヒルデガルド博士
魔族軍の軍事科学研究所所長。圧倒的科学力を持つ発明家。

ラプラス参謀長
魔族軍の参謀長。幼く見えるがＩＱ一三〇〇の超頭脳の持ち主。

プロローグ

「ルソン島のパンティだから、仮に『しまパン』と名付けよう」
「お前が名付けなくてもしま模様のパンツはしまパンだ」

――どん、どんっ！　どん、どんっ！


「魔王、出てこい！　今日こそ年貢の納め時だぞ！」

俺は、ドンドンと扉を叩《たた》いた。

扉の向こうは〝魔王〟の棲《す》み家だ。

強大な魔力を持ち、杖《つえ》から放たれる雷《いかずち》は都市を一撃で廃墟《はいきょ》に変える。

従えし魔物の数は一〇万余。それぞれが一騎当千《いっきとうせん》の腕を持ち、アメリカ、ＮＡＴＯ、ロシア、中国と、地上のいかなる軍隊もこの死の軍団には敵《かな》わない。わずか数日で地上世界の六割を制圧した恐怖の魔王。

その名もアーザ一四世。

《暗黒地平》と呼ばれる異世界から来た破壊と混沌《こんとん》の王だった。

だが今、俺が『おい魔王』と叩《たた》いている扉は、毒の沼に造られた悪の城砦《じょうさい》のものでもなければ、またモンスターに守護された地下ダンジョンのものでもない。

安アパートの木製の引き戸。

叩いてる俺も〝勇者〟じゃなかった。

大家の息子だ。伝説の鎧《よろい》ではなく制服を着た高校生。

「開けろ、魔王！　部屋にいるのは分かってるんだ！　居留守使ってるんじゃない！」

先ほど『ドンドン』という擬音を使ったが……あれは嘘《うそ》だ。

つい見栄を張ってしまった。『ドンドン』は頑丈な戸を叩いたときに出る音だ。お詫《わ》びと訂正を申し上げたい。

古いフニャフニャのベニヤ製だったから、本当は、

――ばいん、ぼいーん　ばいん、ぼいーん

という、もっと間抜けな音になる。

つまりはこの戸のあるアパートがかなりのボロさであるということだった。

もし深夜にやってる情報ランキング番組（不愉快な嘘アニメ絵のマスコットなんかが出てくるやつ）で『ボロアパート特集』というのをやったなら、かなり上位を狙《ねら》えるだろう。

この『ニューゴージャス高良多《たからだ》』は木造、築四〇年。

四畳半一間で、風呂なし、水道なし。

玄関とトイレと炊事場は共同。

ニューでもゴージャスでもなく、むしろその対極にあった。

俺が言うのもなんではあるが、いくら家賃が格安とはいえ、こんなところに入居する人間（非人類含む）の神経が疑われる。

ともあれ、俺こと高良多義経《よしつね》（一六歳、高二）が戸に穴があかないよう注意深くばいんぼいんとノックを続けていると——。

「うむ～……ヨシツネ、うるさいであろ。目が覚めてしまったではないか」

戸の向こうから、いかにも寝起きといったアンニュイな返事。

しかも、偉そうな言葉遣いで。

「そんなにばいんぼいん叩くものではない。鍵なら開《あ》いておるから勝手に開けて入ってまいれ」

「お、おう……」

がらり、と俺が戸を開けると、そこには——〝美少女〟がいた。

（……美少女、だな。素材的には）

この世のものとは思えぬ——事実、彼女は異世界から来た——その美貌《びぼう》。

長い髪は、さらさらきららと黄金の輝き。頭には宝石のついた見事な王冠を戴《いただ》いていたが、しかし流れる金色の髪の毛《かみのけ》の煌《きら》めきは僅《わず》かたりとも霞《かす》みはしない。

瞳《ひとみ》は真紅。焔《ほのお》でできた目映《まば》ゆき紅玉《ルビー》。

肌の白さは雪か氷かシリウスか。ぷにぷにの頬《ほお》だけが淡くピンクで雛菊《ひなぎく》のよう。

まだ幼さを残したその風貌《ふうぼう》は『綺麗《きれい》』よりも、むしろ『愛らしい』という形容が相応《ふさわ》しくはあるのだろう。いずれにせよ、これほどまでの完成度を持つ〝美〟からは、むしろ畏怖《いふ》さえ感じてしまう。ゾッとするほどの愛らしさだ。

年齢は、俺と同学年の一六歳。

ただし背丈は平均よりだいぶ低く、体型もほっそりとしたスレンダー体型であったため、実際の年よりも下に見えた。

背の高い小学生だと言われれば、そうかもな、と信じてしまうことだろう。また逆に、その瞳の放つ眼光から『実は、ずっと上の年なのでは？』と疑う者もいたかもしれない（そもそも一六という年齢だって自己申告だ。本当かどうか疑わしい）。

そんな、人《ヒト》の限界を超えた美少女が目の前《そこ》にいた。

散らかった部屋のコタツに入って。

エンジ色の学校ジャージに色褪せたドテラという姿で。

（超絶美少女が薄汚い格好してる……。なんだよ、ジャージにドテラって！　もう六月も後半で、カレンダー的には夏なのに！　それと、どうでもいいが、コイツのジャージ『暗黒二中』って書いてあるが中学のときのジャージなのか？《暗黒地平》第二中学校？）

なのに頭には立派な王冠。どうかしてるほどのアンバランスだ。

相変わらずの光景だった。

この世のものとは思えぬ美少女なのに薄汚く、そして、だらしのない格好。ジャージもドテラもコタツ布団《ぶとん》も、長い間洗ったり干したりしていなさそう。

ついでに言えば、部屋自体も散らかり放題。

コンビニの弁当の空き箱やらペットボトルやらで、ちょっとしたゴミ屋敷になっていた。いくらボロアパートとはいえ、もうちょっとキレイに使ってもらいたい。

「ふぁぁぁぁ〜……それでなんの用であるか？　まだ朝の午後四時というのに騒々しい」

「いいや『朝の午後四時』なんて日本語はない」

あるとすれば、コイツと同じニート用語だ。

だが寝起きであるのは間違いあるまい。見たところコタツでインターネットでもやりながら、そのまま眠ってしまってたのだろう。芸術的に整った顔の右頰《みぎほほ》には、くっきりとキーボードの跡が付いていた。

紅玉の瞳も半寝《はんね》呆《ぼ》けで完全に濁っている。黄金の髪はクシャクシャで、乾燥したミカンの皮

（おそらく数か月前のもの）や折れた芋けんぴが絡まっていたが、これもコタツで寝てるときにこうなったと思われる。エンガチョだ。

あと、今気がついた。

この女、上半身は厚着してるくせに下半身はスカート穿《は》かずに、パンツ一丁！

丸出しだ！

（寒いのか暑いのかハッキリしろって感じだな。でも、そうか青のストライプ柄か……）

駄目だ、つい目がパンツに行ってしまう。

いや、正確に事実を伝えるならば、コタツに入ってるから『丸出し』というほどでもなかったか。コタツ布団《ぶとん》でちょっと隠れてるから。

露出面積こそ少なくないが、分類的にはいわゆる『パンチラ』――パンティチラーリであるのだろう。勢いで『下半身パンツ一丁で丸出し』と言ってしまった。先ほどの擬音の件と合わせて陳謝したい。パンツを目撃したショックで平常心を失ったがために、つい大袈裟《おおげさ》な表現を用いてしまった。

しかし『青ストライプの布地』と、それに覆われた『小さいが形の良いお尻』！　それが見えているという覆《くつがえ》せないこの事実！

その圧倒的現実の前には『チラ』か『モロ』の差などささいなこと。

物質的にはともかく、形而上学的な意味合いでは丸出しと言っても過言ではないのではなか

黒二中

ろうか。……って俺、なに言ってんだ？　まだ狼狽《ろうばい》してるのか？　平常心が失われたままなのか？

「……む？　ヨシツネ、さっきからパンツを凝視しておるな？」

「い、い、い、いや、そそそそんなことない！　そんなことないぞ！　えっ、パンツ見えてただって？　いやー、コレっぽっちも気づかなかったなー」

「ふむ？　そうであったか。地上世界の男子が大好きな青ストライプ柄パンツであるからな、それで凝視しておるのかと思っておった」

「そそそそそそそそそそそそそそそそそそそそんなこと、あああああああああああああああああああああああ――じゃなくって！　ああああああああああああるワケないだろ！　そんな――青のストライプ柄のパンツなんて見たこともない！　青ストライプで、サイズが小さいのか、もともとそういうデザインなのか、面積小さくて尻の上半分はみ出してるパンツなんか！」

「汝《なんじ》は昭和か？　今のヨシツネ、まるで昭和のマンガみたいなオロオロぶりであるぞ。ちなみに、これはローライズショーツというやつである。インターネットなんかのエロイラストでお馴染《なじ》みであるな」

「そ、そうか！　とにかく俺、見てないから！　これっぽっちも見ていないから！」

「分かった、分かった」

よしっ、誤魔化《ごまか》せた！

こう見えても演劇部（幽霊部員）だ。自然な演技はお手の物だった。

「ちなみにフィリピンのルソン島で作られたパンツである。逸品である。乙である。ルソン〝島〟のパンティであるから、仮に『しまパン』と名付けよう」

「名付けるな」

お前が名付けなくても〝縞《しま》〟模様のパンツはしまパンだ。

だいたいフランス製とかならともかく、フィリピン製にはあんまり高級品のイメージないぞ。もしかして、それ安物なんじゃないのか？

ともあれ――この薄汚くてパンツ丸出しの女こそ、魔王アーザ一四世。

つい半年前まで地上征服を企《たくら》んでいた、破壊と混沌《こんとん》の王だ。

〝勇者〟に退治されて以来、今では見る影もなかったが……。

もちろん我々人類社会にとっては、このほうが平和でいいのだろう。

だが、我《わ》が高良多《たからだ》家にとっては困った点がただ一つ――。

「それで、今日はなんの用である？　わざわざパンツを見に来たであるか？」

「違う！　決まってるだろ！　溜《た》まった三か月分の家賃、今日こそ払ってもらうからな！」

この魔王、アパートの家賃を払ってくれない。

第一話

「見よ。洗濯物を溜《た》め込んでたら、パンツからキノコが生えてきた」

「そのセリフ、なんかヒワイだぞ」

「余の体型にちなんで『ツルペタケ』と名付けよう。食え」


「ふぁぁぁぁぁぁ～……午後四時か、まだ眠いであるな。家賃の話の前に、ニュー速と虹裏ｊｕｎでもチェックさせてもらうかの。それとエロ画像のまとめサイトをいくつか」

「いいや、ダメだ」

このダメダメな生活態度から、読者諸兄も想像がつくであろう。

現在、アーザ一四世はニートであった。
Ｎ．Ｅ．Ｅ．Ｔ．(Not in Education, Employment or Traning)。
つまりは『教育を受けず』『働かず』『職業訓練も受けず』『パンツも隠さず』『掃除もせず』『格安の家賃も払ってくれない』という状態を表わす言葉だ。

この女はまさにそれ！

神がアルファでありオメガであるように、彼女は魔王でありニートであったのだ。

ついでに言えばヒキコモリでもある。

たまに出かけているようだから『半ヒキ』という状態なのであろうか。俺の知る限りコイツは大概寝てるか、アニメを見てるか、あるいはインターネットをしてるかだった。先ほど、魔王の言ってた『ニュー速』は2ちゃんねるのニュース速報板のこと、『虹裏·jun』はふたばちゃんねるの二次元裏掲示板のことだ。

「そんなの待ってられるか。先に家賃の話をする」

「まあ待て、そう慌てることもあるまい。しばらくは余のパンチラでも見ながら待っておれ」

またパンツの話か。

どうでもいいが俺たち、さっきからパンツの話しかしていない。

「断る。ダメったらダメだ。家賃払え。お前、もう三か月分も溜めてるんだぞ。もしかしてパンツの話で誤魔化《ごまか》そうと思ってるのか？　だが、そう上手《うま》くいくと思うなよ。パンツはそこまで万能じゃない」

「ちっ」

この魔王『ちっ』とか言いやがった。やっぱり誤魔化す気だったのか。

「まったく汝《なんじ》らはいつもそうである。顔を合わせるたびに家賃家賃と……。こんな『めぞん一刻』や『まんが道』のようなボロアパートであるのに」

「他人《ひと》んちの物件、悪く言うな」

「玄関共同、トイレ共同、流し場共同、炊事場共同、シャワー（コイン式）共同という『共同』尽くしのマルクス的原始共産制アパートのくせに」

「意外と上手《うま》いこと言うんだな。だが、とにかく妙な社会学用語で他人んちをディスるんじゃない。ボロで不便なのは認めるが、だからといって家賃払わなくていい道理はないぞ」

この女の言うとおり、確かにこの『ニューゴージャス高良多《たからだ》』は、名前負けの見本みたいなボロアパートだ。

木造二階建てで部屋数は八。駅から徒歩二〇分。間取りは四畳半一間、押し入れあり。玄関・トイレ・台所・風呂、すべて各部屋にはナシ。

このあたりの条件は『めぞん一刻』や『まんが道』とほぼ同じだが、美人の管理人もいなければマンガ家を目指す若者の溜《た》まり場にもなってない分、ウチのほうが下だろう。特に、めぞんは意外と外観オシャレだし。

ちなみに隣は大家の家（つまり俺の家）で一階部分は一部一体化している。

こういう構造の賃貸住宅は、正確には『下宿』に分類されるのかもしれない。一応追加料金で食事も出すが、料理担当のウチの母親が味オンチであるため、頼む人はほとんどいなかった。

いろいろマイナスポイントは多いものの、しかし家賃は九八〇〇円。

一応東京近郊ではあるこの埼玉県鴨ケ谷《かもがや》で、これほど安い物件そうはない。そのため八部屋のうち七部屋までが貧乏な店子《たなこ》たちで埋まっていた。

そんな店子の一人が、この女。部屋番号は二〇三号。

魔王アーザ一四世――正式な名で呼ぶのなら『万物の王にして原初の混沌《こんとん》、偉大なる支配者アーザXⅣ《トホート》』。

地上支配を目論《もくろ》みながらも、あと一歩のところで〝勇者〟に退治された本物の〝魔王〟だった。

この、しまパン丸出しの女が。

ニートだが金髪美少女のこの女が。

貧乳でチビだが、尻はちょっとエロい感じのするこの女が。

強靭《きょうじん》な精神力を持つこの俺でさえ、さっき『余のパンツを見ながら待っておれ』と言われて、つい『わかった、そうする』と答えてしまいそうにさせたこの女が。

以前、何かの機会に水着姿になっていた際に『ロリ系で胸はペッタンコだけど、細くて華奢《きゃしゃ》な手足やアバラが薄《うっす》ら浮いてる感じは、なんというか特有の色気があるような気がするな』と俺に思わせたこの女が！

……おっと、いけない。またエキサイトしてワケわかんないことを言ってしまった。今のはナシだ。忘れてくれ。やはりパンツが見えてるせいだろうか。なかなか理性的になれないままだ。

「どうした、ヨシツネ？　パンツが気になって理性的になれずにおるのか？」

「きっ、気になってないっ！　いいから家賃の話をするぞ！」

「うむ」

コイツ、しまパンのくせに鋭い。

さすがはパンツ――いや魔王といったところか（失敬、今の『パンツ』は言い間違いだ）。

しかし気をつけなければ……。このままではパンツに気を取られて、家賃の取り立てどころではなくなってしまう。これが魔王の手口なのだろう。

取り立てた家賃に応じて小遣いをアップしてもらう約束になっているのだから、パンツ程度で誤魔化《ごまか》されるわけにはいかなかった。

（そうだ……あんなもの、ただの布だ！　三角でしま模様で、普通の女子は隠してるだけのただの布！　魔王アーザ一四世が――金髪色白の超絶美少女が、尻と股間を隠すのに使っているだけの、ただの――!!）

パンツになんか負けない！　パンツなんて、パンツなんて……!!

「分かった、それでは家賃の話をしよう。ちょっと待っておれ。……よっこいしょ」

「――って、なんで立ち上がってるんだよ！」

「？　別によいであろ？　なにか問題でも？」

ある！　問題ある！　コタツから出たら、パンツがホントに丸見えになるだろ！　前面から！　パンチラでなく、本当の意味での丸見えに！　形而上学的な意味でなく！

（そうか、前から――真正面から見ると、こんな風に……）

「やはり凝視しておるではないか」

「いいいいいいいいいいいいいいいいいいいいいいいいやっ！　見てないっ！　見てないぞ！　うんっ！」

駄目だ、パンツには勝てなかったよ……。

いけない、このままでは家賃が――俺の小遣いアップが。

「くふふふっ、そうであるか、見ておらぬか」

こいつ、なに笑ってやがる！　小悪魔気取りか！　魔王のくせに！

「さて、と――。ヨシツネがパンツを前にしてオロオロしておる隙《すき》に言うのだが……実は、まったく金がない」

「なんだと!?」

「なんせ働いておらぬからな。働いたら負けだと思っておる。なぜなら『人は皆労働するべき』という悪《あ》しき思想は、権力者が我《われ》ら人民から労働力を搾取《さくしゅ》するために植えつけたものであるからだ。この国を裏から支配する大手広告代理店によって」

「お前は人民じゃなくて権力者だけどな。魔王なんだから。『もと』だけど。異世界人のくせにダメダメな現代の若者みたいなことを言いやがって。じゃあ、どうする気なんだよ？　それじゃ家賃払えないだろ」

「まあ話は最後まで聞くがよい。払うアテがないわけでもないのだ。金になりそうなものを持っておる。新商売である」

「新商売？　なんだよ、それ？」

「そこの押し入れを開《あ》けてみよ」

「？」

言われるままに俺は押し入れの襖《ふすま》に手をかける。

「……？　おい、これ開かないぞ？　鍵かかってるのか？」

「鍵などあるものか。力いっぱい引いてみよ」

「お、おう……。そおれっ！」

力いっぱい引いた、その瞬間。

襖は開き、そして——。


——どさどさどさささささささささささささささささささささささささささささささささささささっ！

押し入れから雪崩《なだれ》が！

布が。衣類が。いや、もっと具体的に述べるなら――。

パンツが！

今、魔王が穿《は》いてるのと同じ青のしまパンが、ドサドサドサッと雪崩となって落ちてきた。

大量に。

俺を押し潰《つぶ》すくらいに。

いや、実際俺を押し潰して、身動きできなくさせていた。

あっという間に、俺はパンツの山から顔だけ出した状態に……。

「………ぷはっ！　なななななんだコレは⁉」

「見てのとおりパンツである。使用済みの。洗濯がメンドかったので、押し入れに放り込んで放置していたのである」

「するな、放置！　汚い！」

「汚くない。人間の女と違って、余の使用済みパンツは花とはじけるレモンの香りである。爽《さわ》やかである。人間のはブルーチーズやらザリガニやらの臭いを発しておるらしいがな。ほれヨシツネ、嗅《か》いでみよ」

「嗅がねえよ！　とにかく、これどけろ。助けろ。潰れる。苦しい」

「おや？　果たして本当に助けてよいのか？　重くて潰れそうなのは事実であろうが、しかし汝《なんじ》、大量のパンツに押し潰されて幸せそうな顔をしておるぞ。台詞《せりふ》は文句を言っておるのに、

それを言ってる口元はニヤニヤである。こんな幸せそうなヨシツネ初めて見た
「そんなことあるか！　からかってないで早く助けろ」

「ふむ。今回ばかりは客観的事実であったのだが…………まあ、よい。説明を続けるぞ」

「いや、だから、まず助けろよ」

「ダメである。これからする話には、潰《つぶ》れた状態のほうが手っ取り早いのである。今、汝《なんじ》を押し潰しているパンツの山――これこそが余の新しい収入源であるのだ」

「ブルセラかよ!?　やめろ、もっと自分を大切にしろ！　そういう方法で安易に金を稼ごうとするんじゃない！」

「ほう……？　やれやれ、これだから思春期の男子高校生は。すぐ話をエロ方面に持っていこうとする。しかも『もっと自分を大切にしろ』とは、ちょっとカッコいいことを言いおって。恥ずかしいヤツめ」

「うるさいな……。じゃあ違うのかよ？」

「違うに決まっておろう？　どうして破壊と混沌《こんとん》の王たる余が、ネットオークションの『分類・衣料（特殊）』で『二〇〇〇円スタート、写真つき』などという説明書きをつけてパンツを売らねばならぬのだ？」

「詳しいな？　ホントに売ってないんだろうな？」

「くどいである。とにかく話を聞くがよい。このパンツ自体は、しまパン工場で働いている部

下から大量に送られてくるのでタダなのだが――」

しまパン工場？

お前の部下って魔物だろ？　そんなところで魔物が働いてるのか？　ルソン島で？

「しかし洗うのが面倒でな、脱いだ端から押し入れに放り込んでおったのだ。一番古い地層では、もう半年ほどになるであろう」

「地層って言うな」

てことは入居した直後から、ずっと放り込んでたということか。

「そして、これがウワサの半年ものである。見よ」

「見せるな！　汚い！」

「これっ、ヨシツネ！　さっきから女子に向かって『汚い』とはなんたる言い草であるか！　デリカシーのない！」

「えっ？　あ、いや、ごめん……。そうか、確かに言い過ぎたかもな。悪かったよ」

「分かればよいのだ。ほれ、見るがよい。このあたり――」

「？」

「あまりに長期間溜《た》め込んでおったものだから、パンツからキノコが生えてきた」

「――って、やっぱ汚いだろ！　どうフォローしても、そんなのダメだろ！」

謝って損した。

だいたい、この女さっき『デリカシー』とか言ってたが、この状況のどこにそんなものがあるというのだろう。

魔王はその半年もののパンツとやらを俺の顔の前わずか数センチの距離に突き付ける。

見ればパンツの裏地から、細長いシメジというか大きめのエノキというか、そんな見慣れないキノコが何本も生えていた。

「どうであるか？　余の体型にちなんで『ツルペタケ』と名付けようと思う。食え」

「食えじゃねえええええええええええええええええっ！」

食えるか、こんなの。

これ絶対、食用には適してないと思うぞ。

だが俺がパンツで身動き取れないのをいいことに、魔王は俺の口にキノコをパンツごと突っ込もうとしてくる――!!

「いいから食べよ。味見である。これを売って金を稼ごうと思っておるのだ。捗《はかど》るぞ」

「そんな商売はねえよ！　なにが『捗るぞ』だ、間違ってるのか間違ってないのか分からない日本語使いやがって……。だいたいコレ本当に食べられるんだろうな？　ちゃんと毒とか確かめたか？」

「…………」

「おい、なんで黙る？」

「…………………………」

「だから黙るな！　なにか言え！」

「……美少女のパンツから生えたキノコを食《しょく》せるとなれば皆、我先《われ》にと大金を積んで買い求めると思うのだ。その手の好事家《こうずか》が」

「やっぱりブルセラなんじゃないか！　遠回りな分、一層マニアックでタチが悪いぞ。それで……毒の話は？」

「…………やはり話題、変えられぬか？」

「変えられないね！　毒！　毒の話！　ポイズン！　解毒剤もないこんな世の中じゃ（※歌謡曲のパロ）！　本当に毒ないんだろうな!?」

「……………………………………………………」

……………………………………………………

……………………………………………………

「おいっ！」

「いいから！　ごちゃごちゃ言わずに食べるのである！　人体に無害であると証明されたら大々的に量産態勢に入る予定なのだ！」

「断る！　というか『人体に無害であると証明されたら』ってことは、つまり『まだ人体に無害と証明されてない』んだな？」

だいたい、どうやって量産する気なんだ？

パンツの量を増やすのか？

「成功すれば量産、失敗しても家賃はとりあえず誤魔化《ごまか》せる。これこそ一石二鳥の見事な作戦――」

「たあっ！」

俺はパンツの山の中で身をよじり、なんとか隙間《すきま》を作って右手を出すと、そのまま魔王の頭を〝ツッコミ用アイテム〟で、

――バシッ！

と力いっぱい引っぱたいた。

「うぉおおおお…………さすがに痛いぞ。ひょうきん族でラッシャー板前が殴られたときみたいな音がしたである。そんなもので引っぱたくことないであろ？」

「いいや、こんなもんで引っぱたくことある！　とにかく家賃絶対払えよ！　今日はとりあえず帰ってやるが、明日また来るからな！　おぼえてろ！」

「悪役側のセリフであるな」

俺はパンツ雪崩《なだれ》でできた山から抜け出すと、ひとまず退散することにした。

現時点での『パンツ』と言った回数・・・六六回
（※『パンティ』『しまパン』『パンチラ』などの単語も含む）

結局、今回パンツの話しかしなかった。

また前言撤回だ。どうやらパンツは家賃を誤魔化せる万能アイテムであったらしい。


【本日のツッコミ用アイテム】

聖なる剣ニトス・カアンブル
別名、勇者の剣。奥飛騨《おくひだ》に住む伝説の刀鍛冶《かたなかじ》アルハザードによって鍛えられた業物《わざもの》で、《暗黒地平》のク・リトル・リトル魔族が触れると激痛が走る。

光属性。

ウチの物置で姉が発見。部屋の模様替えの際、邪魔になるからと俺の部屋に押し付けた。

幕間　その一

「む？　急に書式が変わったぞ？」

「……ヨシツネ視点でないシーンでは、このような脚本形式になる。視点変更の演出」

「なるほど。だがこの書式、意外と手間がかかるであるな」

「……がまんする。その分、読むほうは小説よりラクなはず」

○背景：魔王のアパート（昼）

魔王「ふう……。どうやら家賃は誤魔化《ごまか》せたようであるな？」
参謀長「……ん」
参謀長（アヤナミ系幼女、背中に蝙蝠《こうもり》の羽）登場。
コタツの中からズボッと顔だけ出てくる。
（→ヨシツネとのやりとりの間、実はずっと隠れていた）
参謀長「……やはり童貞の男子高校生はパンツに弱い」
魔王「うむ。研究のとおりであった」

参謀長「……しかし殿下、家賃くらい払ってあげては？　それと、さすがに何度もパンツパンツ言い過ぎ。少し雑。言えばいいというものではない」
魔王「そうであるか？　だがヨシツネには効いたであるぞ。くふふふっ……あやつめ、もしかすると余に気があるのやもしれん」

×　　　×

回想。二八ページ、七行目から。
ヨシツネ（回想）「ブルセラかよ!?　やめろ、もっと自分を大切にしろ！　そういう方法で安易に金を稼ごうとするんじゃない！」

×　　　×

魔王「ふふ、ヨシツネのヤツ……」
（※心配されて悪い気はしていない……という演出）
参謀長「……今の、ちょっとラブコメっぽい」
魔王「であろ!?　であろ!?」

第二話
「フフフ、よくぞここまで来たであるな。我《わ》が居城――『魔城ダークネス』に！」
「お前のネーミングセンスは最悪だな」

現在までに『パンツ』と言った回数、七五回。本当にパンツの話しかしていない。

いけない、すっかり魔王《あいつ》のペースだ。

（まったく、あの女……!!　魔王で美少女で金髪でパンツ丸出しだからって、いい気になって！　マンガみたいなしまパン穿《は》いてるからって！）

お尻は小さいのに、前のほう――あの部分《パーツ》は『恥丘』というのか？　そっちはパンツの上からでもわかるくらい、ぷっくらと膨れていて……。

（………なんというか、エロかったな）

チビで貧乳のくせにエロい体してた。

と、そんなことを考えながら俺——高良多義経《たからだよしつね》は魔王の部屋から逃げ出し、そのままアパートの玄関（共同）へ。

　すると。

「おやヨシツネ、アーザちゃんから家賃は貰《もら》えたのかい？」

「ばあちゃん……」

　玄関の表では、ウチの祖母が竹箒《たけぼうき》でシャカシャカ掃除をしていた。

　いや、玄関まわりを箒で掃除するときの擬音《オノマトペ》は『シャカシャカ』でなく『レレレのレ』なのかもしれないが。

　ともあれ彼女は、高良多すゑ《すえ》。

　着物に割烹着姿《かっぽうぎすがた》のやたら背筋がシャンとした婆さんで年齢は確か七一歳。

　父方の祖母で、このボロアパートの登記上の持ち主《オーナー》でもあった。

「その様子じゃ貰えてないようだね。まったくアンタのお姉ちゃんならあの程度の相手、今頃は再来月分まで取り立てている頃だろうに」

「うるさいな」

「どうせパンツでも見てて誤魔化《ごまか》されたんだろ。違うかい？」

　鋭いな。さすがは身内。

「だらしないねえ。どうしても無理っていうなら、アタシが代わりにやってあげるよ。もちろん小遣いの件はなしになるがね」

「いいよ、ばあちゃん！　俺がやるってば！　ちゃんと小遣い用意しとけよ！」

「フン、口ばっかり威勢いいんだから」

ウチの祖母は普段から和服なので上品ぽく見えるが、実際にはそうでもない。全然。

ともかくも今年の四月——三か月前から地方公務員になって別の市で暮らしてる姉に代わって、店子《たなこ》から家賃を取り立てること。

それが俺の小遣いアップの条件だった。

（ホントにどうにかしないとな……）

我《わ》が家は別に、このアパートの家賃収入だけで暮らしているわけじゃない。

そもそも全八部屋で家賃九八〇〇円なのだから、全部屋埋まって誰も滞納していなくても月収七万八四〇〇円だ。祖父母・両親・俺と三世代が暮らすには無理だろう。というか無理だ。

だからサラリーマンである父親の給料がメインの収入で、祖母の建てたこのアパートは『趣味』というか『なんとなく』というか、ただ取り壊すのが面倒だから惰性で経営しているだけのものだった。

——が、だからといって払ってもらわなくていい理由もない。

そういったわけで今月から姉に代わって取り立てをすることになった俺。しかし、そこに第一の難関が立ちはだかる。

それこそが、あの魔王アーザ一四世だった。

（魔王は三か月滞納だから、姉ちゃんがいた頃まではマジメに家賃払ってたんだな。よく、あの魔王から取れてたもんだ）

流石《さすが》だな、とは思う半面、姉なら簡単だろうなとも思う。

（だって、あの姉ちゃんだからな……。そのくらいはできるだろ）

ついさっきまで〝勇者の剣〟を手に魔王と対峙《たいじ》していたが、しかし俺は別に『伝説の勇者』というわけじゃない。

俺は、ただの大家の息子。

〝勇者〟は、姉のほうだった。

去年までは『勇者に魔王？　そんなのゲームの中だけだろ？』と思っていたし、『我が一族には代々勇者の血が流れているのだ』と祖父に言われたときは『おじいちゃんが壊れた！』と大慌てでした。

ホームセンターやハンズで『勇者の剣』だの『雷神の槍《やり》』だのがひっそり売られているのを見かけても『ホームセンターによくある〝武器っぽくてカッコイイ謎《なぞ》の道具〟なんだろうな、チェーンソーとかみたいな』と気にかけてもいなかった。

俺はそんな、みんなと同じ普通の男子高校生だ。

それを思えば、普通人《俺》が魔王に敵《かな》わず、こうして逃げ帰ってくるのも仕方のないことではあるんだろう。

（だいたい、まあ——アレだな。高校二年の男子なんだから、俺でなくとも金髪美少女のパンツには敵《かな》わないか）

だから『俺が特にだらしない』ってわけじゃない……はずだ。うん。


そういえば以前、魔王に聞かれたことがある。

『ヨシツネよ——ラノベ原作アニメなどで、急に一気に設定を説明するシーンがあるであろ？　やたら長いセリフで。ほれ、〝お前も知っての通り、この大陸には二つの国がある〟みたいな。あの手の不自然なセリフ、汝《なんじ》はどう思う？』と。

そのときは『いいや、なに言ってるのか分かんない』と答えたが——なるほど、そういうのも必要な場合があるのかもしれない。

さすがに、そろそろパンツ（今ので八二回目）の話はやめて改めて俺と魔王アーザ一四世について語るべきなのだろう。

俺と世界中の人々が魔王の存在を知ったのは、今から半年と半月ほど前のことになる。

先ほども述べたが……つい去年までこの世界には『魔王』などというものは、テレビゲームやマンガや神話、そういったフィクション内の存在に過ぎなかった。

そのはずだった。

だって二一世紀だ。二〇一〇年代の日本だ。

スペースシャトルが旧式だからと廃止されるこの科学時代に、魔王だの魔族だのというファンタジーな連中が攻めてきて、日本どころか地球全土がピンチになるなんて！

そんなの誰が予想していたというのだろうか？

しかし、奴は——アーザ一四世は現れた。

《暗黒地平》と呼ばれる魔界から。

次元を切り裂き、『ク・リトル・リトル魔族』ないしは単に『魔族』と呼ばれる怪物たちを引き連れて。

（あの日のことは、まだ憶えてる……。テレビはどのチャンネルも同じニュース。新聞もインターネットも大騒ぎで、もちろん家でも学校でも、それ以外の話題なんかなかったし。あの12チャンネルでさえ子供アニメも釣り番組も中止して……）

太平洋上に突如として出現した『魔城ダークネス』。

この極めて雑なネーミングの浮遊移動要塞（命名は魔王本人だそうだ。だと思った）と、そこから出撃する魔物の軍団により、米軍を主軸とする多国籍軍は敗れ去った。

破壊される近代兵器群をニュースで見て、ミリタリーマニアたちは自らのブログやツイッターでは悲しみつつも、しかし匿名《とくめい》掲示板では大興奮であったという。

さらに余談ではあるが、テレビの軍事評論家の分析によれば、このとき、もし最初から魔王が自ら出撃していれば、人類の軍隊は二度と立ち直れないほどの壊滅的な打撃を受け、魔族は完全なる勝利を収めていたと言われている。それと、その評論家の髪はヅラだと言われている。歴史にイフ《if》はないとは言うが。

こうして、わずか数日のうちに地上の六割が制圧された。

しかし影在るところ光在り。

かつて世界を救った伝説の勇者の血を引く若者――つまりは当時短大生だったウチの姉――が、新たな勇者として立ち上がったのだ。

勇者とその仲間は数々の冒険の末（期間にして約一〇日間）、秋葉原駅電気街口上空の魔城ダークネスへと乗り込み、ついには魔王を討ち取った。


まあ、あまり戦いの様子は詳細には語らない。

そのほうが魔王たちを『ノンキな存在』として受け入れやすいであろうから。


さて、ここまでは有名な話。ニュースで何度もやっていた。

だが、この先はそれほど有名でもない話。

魔王をはじめ魔物一同に『ごめんなさい、もうしません』と謝らせた姉《勇者》は、彼女たちを殺さず、そのまま許すことにした。

死者数ゼロで町もほとんど壊されてなかったからこそできた話だ。

僅《わず》かに出ていた一般の被害も、魔族たち本人に直させた。怪我《けが》人は魔力で治療させ、家屋や物品はやはり魔力と城にあった財宝で復興させた。

こうして人類の危機は去った。

その一方――魔王は魔城を完全に破壊され、軍団も事実上解散。

城の財宝（もともと金額的にはそんな大したものではなかった）は町の復興に使ってしまい、住む場所すらない有り様。

そこでやむ得ず、埼玉県鴨ヶ谷《かもがや》市にあるウチのアパートに住まわせることになったのだが……。

（まさか、こんな駄目人間だったとはな……）

そのときは、まだ誰も気がついていなかった。

地上世界を征服しようとしていた魔王が、まさか――、

半ヒキコモリでインターネットばかりしているニートになってしまうだなんて！

もともと怠け者ではあったのだろう。多国籍軍との重大な決戦を『今夜は、まどか☆マギカ

があるから』とすっぽかしてヅラの軍事評論家を不思議がらせたり、勇者一行がまだ低レベルのうちに自分から倒しに行けば勝てたのに『部屋から出るのメンドい』と城で待ち構えていた挙句《あげく》にそのまま退治されてしまったのだから。

だからといって退治されてわずか数日後には完全なニートと化し、半年でここまでひどい状態になってしまうだなんて、果たして誰が予測できたであろう？

（……もしかして、ウチの姉ちゃんには分かってたのかな？　だから許して、このアパートに住まわせたのか？）

それは本人に聞かねば不明だが——。

ともあれ話が長くなった。

説明ばかりで疲れてきたから今回はここまでとしておこう。

第三話

「そうかそうか、つまりアンタはそういうヤツだったのね」

「やめろよ、そのフレーズ。蝶（クジャクヤママユ）を盗んだみたいな言い方するな」


「――ということがあったんだ、昨日」

「ふうん」

さて翌日。

場所は学校。休み時間。

ニートで半ヒキコモリの魔王と違い、俺は毎日学校に行く。

ここは県立鴨《かも》ケ《が》谷《や》寺《でら》高等学校。

偏差値は平均ちょうど。スポーツや部活動でも特に目立った活躍はなし。『家から近い』というだけの理由で入った無個性そのものの高校だ。

そんな学校の二年C組の教室で、俺は昨日の話をしているところ。

「つまりアレなワケね。アンタは大家の息子という特権を生かして魔王《アーザ》のパンツを堪能したってことなんでしょう？」

「いいや、そういうことじゃない。ひとの話ちゃんと聞いてたのかよ？」

「でも、要はそういうことじゃない」

この女は、クラスメイトのトモザキ。

供崎宮子《ともざきみやこ》、一六歳。

ポニーテールにした髪とややキツめな目つきがいかにも快活っぽい印象の『体育会系女子』だった。

実際かなり快活な女で、剣道部と陸上部を兼部してどちらも県大会出場レベルという、ちょっとしたスポーツエリートだ。

こいつとは家が近所なこともあって小・中・高と学校が一緒。

腐れ縁というか、いわゆる幼馴染《おさななじみ》というのになるんだろう。

ただ、マンガなんかの幼馴染キャラと違って、俺とこの女の間には淡い恋愛感情とかがあるわけじゃない。

トモザキが自分で断言していた。

『べ、別に、そういうんじゃないんだから！　勘違いしないでよね！』って。

今でも憶えている。あれは中学二年のバレンタインのときだ。

俺がチョコを受け取りながら『マンガだと、それ〝好き〟って意味だよな？』と冗談で言ったら、この女は『バーカ！』と言って殴りやがった。

グーで。

先祖代々『勇者の仲間の戦士』の家系で、自らも後《のち》に〝女戦士〟として〝勇者〟（＝ウチの姉）を手伝うことになる、あの怪力でだ。

右目の周りのパンダ痣《あざ》は二週間取れず、あんまりにも痛かったので俺は大人しくトモザキの言葉を信じることにした。余計なことを言ってまた殴られたのでは堪《たま》らない。だいたい俺だってこんな凶暴女お断りなんだ、フン。

まあ、それはさておき——。

「だから言っただろ。そんな嬉《うれ》しい話じゃない。家賃の取り立てに行ったら気持ち悪いキノコを食わされそうになった、ってだけだ」

「ええ、パンツのね」

トモザキは、なんだかイライラというかツンケンしていた。

やたら俺に対してキツく当たる。

（しまったな……。こいつに昨日の話をするべきじゃなかった）

この女、魔王の話になるといつも機嫌が悪くなる。

ただ、それについては仕方がないのかもしれない。

先述のとおりトモザキは、勇者のお供の女戦士として魔族の軍勢と戦った。

そんなトモザキからしてみれば、俺が敵であるアーザ一四世と馴《な》れ合っている（ように見える）のが許せないのだろう。

実際には家賃を踏み倒されたり、ツルペタケを食わされそうになったりと、そんなに仲良くしていないのに。

（まあ、そうでなくてもパンツの話だしな。女子にするべきじゃなかったか）

教室だし、トモザキとはいえ女子の前だし。

「とにかく俺は別にいい目にあってないんだ。トゲトゲしい言い方すんな」

「はいはい分かった、分かったわよ。そこまで言うなら信じてあげるわ」

偉そうに。

「そういやヨシツネ……アンタずいぶんシャレたハンカチ使ってるのね？　男子っていうのはハンカチ持たずにズボンの腿《もも》のあたりで拭《ふ》いてるもんだと思ってたわ」

「ハンカチ？」

こいつの男子観というのは、なんというか偏見めいたものがあるな。

男子というのはみんなハンカチを持ってなくて、みんなパンツが好きだと思ってるらしい。

実際にはそんなことないのに。ハンカチ持ってないのなんて、せいぜい四割くらいだろう。

俺はその四割のほうだったが。

（ハンカチだって……？　俺、そんなの持ってきてたっけ？）

「感心ね。小三のとき、あたしに『男子なのにハンカチ持ってるなんてオカマみたい』と言われて以来、持ち歩かないようにしてるのかと思った」

「いいや、ハンカチは持ち歩いていないが、そんな理由で持ってないわけじゃない」

と思う。

そんな話、今まで完全に忘れていた。

「でも持ってるじゃない。ほら、右のポケットからはみ出てる」

右のポケット？

本当だ。ズボンのポケットからハンカチらしき布がはみ出ている。青の。ブルーの、ストライプ柄の。

「――って!?　あっ、これは！」

「ちょっと見せなさいよ」

制止するよりも早くトモザキは俺のポケットに手を伸ばし、青いハンカチ（？）を摘《つま》んでそのまま引っ張った。

この時点で、俺にはそれが何なのか分かっていた。

たぶんトモザキ本人にもだ。想像くらいはついてたんじゃないかと思う。だから、わざわざハンカチの話を振って『見せなさい』などという不自然な流れにもっていったんだ。

トモザキが俺のポケットから取り上げたその布は――。

「ヨシツネ！　これ、なによ!?」

「い、い、いや、それは、だから……」

パンツだ。ハイ、皆さん予想のとおり。

魔王アーザ一四世のパンツ。

押し入れのパンツ雪崩《なだれ》に潰《つぶ》されたときに、ポケットに入ってしまったんだろう。

今回の件であえて教訓を得るとするならば『制服のまま家賃の取り立てに行くべきではない』ということだろうか。いや、そうでもない気もするか。

「なんでこんなもの入ってるの、ねえ！　これなに!?　答えなさいよ！」

「だ、だから、なにと言われると……ルソン島で作ったパンツだから、しまパンと言って──」

俺が最後まで答える前に。

トモザキが、俺の顔を殴ってた。

グーの拳で。

『勇者と共に戦った伝説の戦士』の孫であり、『新しいバットの殴り心地を試させろ』と釘バットの一撃でゴーレムを粉々にし、素手でドラゴンの頭をボコボコにして魔族病院に入院させたという、このとんでもない怪力女が。

一応手加減はしていたようだが、二年前と同じくパンダ痣《あざ》は二週間くらい消えるまい。

放課後。

トモザキとは家が近所なので、用事のない日は一緒に帰ることが多い。

俺は水で冷やしたハンカチ（トモザキから借りた）を顔に当てながら、二人で家へと歩いていた。

「いたたた……。なんだよ、乱暴しやがって」

「いつまでぐちぐち文句言ってんの。男らしくないヤツ」

案の定、右目の周りは痣《あざ》になってた。

奇しくも二年前のバレンタインと同じ場所だ。

「男らしくても痛いものは痛い。思うんだが……これは、さすがにひどいんじゃないか？事情は話したじゃないか、俺のせいじゃないって」

だいたいトモザキ、俺のこと好きでもなんでもないんだから、魔王のパンツ持ってたからってここまで怒ることないと思うぞ。

「ふん、なによ言い訳ばっかり！　そうかそうか、つまりアンタはそういうヤツだったのね」

「やめろよ、そのフレーズ。蝶を盗んだみたいな言い方すんな。教科書に載ってる、友達の家から蝶の標本盗んだ話かよ」

「そうね。盗んだのは蝶じゃなくってパンツだもの。どうせ家に帰ったら標本みたいにピンで留めて飾る気だったんでしょ。『何年何月採集』みたいに書いて。この変態！」

「いいや、そんなの考えもしなかった」

むしろ、その発想ができるお前のほうが変態だ。

――と言いたかったが、それを口に出すほど俺もバカなわけじゃない。

「まったく……。ズボンからはみ出てるのがウチにあるのと同じ柄だったんで、もしやと思ったら――」

「えっ、なに？　お前もこの柄のパンツ持ってるの？　ルソンのパンツを？」

「――っ！　このおっ！」

しまった余計なこと言った。やっぱり俺、バカなわけじゃなくなかった。またお詫《わ》びと訂正を申し上げます。

本日二発目のグーパンチ。

しかし、さすがは幼馴染《おさななじみ》だ。同じところを殴ってくれたおかげで、両側の目がパンダ状にならずに済んだ。これなら少しだけみっともなくない（もちろん感謝をするつもりはない）。

「そういやアンタ、今日も家賃取りにアーザんとこ行くんでしょ？　あたしも一緒に行くわ」

「トモザキも？　なんで？」

「アンタが一人で行くと、またパンツを盗むかもしれないじゃない」

だから、違う。

盗んだんじゃない。勝手にポケットに入っただけだ。

「それに先生に頼まれてるの。クラス委員だから。あの子、学校に全然来てないじゃない。様子を見て来いって言われてるのよ。

だ、だから……べつにヤキモチとかじゃないんだからね！　アンタが一人でアーザの部屋に行くのが不安だったりしないんだから！　勘違いとかするんじゃねえわよ！」

勘違いなんてするものか。

何度も鉄拳で教え込まれてるんだ。

幕間　その二
「知っておるか？　んまい棒のあのイメージキャラ、キャラクター商品は『ドラ○もん』と同じ会社で出しておるのだ」
「いえ、興味ありません。どうでもいいです」

○背景：魔王のアパート（昼）
魔王「…………ふむ」

魔王、カチカチとネットをしている。モニターの画面、2ちゃんのCCさくら板。

魔王「……そろそろ小腹が空いたであるな」

魔王、面倒そうに外出用の身支度。スカートを穿《は》いてから、パンツの山に手を突っ込み、杖《つえ》を引っ張り出して肩にかつぐ。

杖、パンツが一枚引っ掛かったままだが、魔王は気づいてない。

（杖のデザインいかにも悪そうなもの。真ん中に赤い宝石が薄《うつす》らと光っている）

ナレーション「――〝邪神の杖クグサククルス〟。魔王の魔力の源であり、核にも匹敵する力を持つ魔族軍の最終兵器である」

玄関（共同）で素足のまま汚いスニーカーを履《は》き、出かけていく。

（※→ココ、こだわりのポイント。裸足＋スニーカー＝カワイイ）

○背景：コンビニ、店内（昼）

いかにも『もと酒屋』な個人経営のコンビニ。

レジにいる店員、女の魔族（ヒルデガルド博士。一五歳、タヌキ風の尻尾《しっぽ》以外は人間型）。尻尾、常にポヨンポヨン動いている（→動きで感情を表現。カワイイ）。

♪入り口の電子チャイム

博士「いらっしゃいま――（誰だか気づき、露骨にイヤな顔）――殿下……」

魔王「うむ」

博士「本日はどのような？（イヤな顔のままで）」

魔王「部下である汝《なんじ》らが壮健かどうか気になり、こうして視察に来たのである。ところで……（左右をキョロキョロし、急に声を潜《ひそ》めて）ほれ、例のブツを」

博士「廃棄弁当なら、あげられませんよ（目線も合わせず）」

魔王「なんと!?　今日は余《あま》ってないというのか！　ビックリチキンカツ弁当は？」

博士「『今日は』でなく、これからもずっとありません！　こないだは、いっぱい余ってたからたまたまあげただけです。アテにされても困ります」
魔王「なるほど……では今日もたまたま余っておると？」
博士「違います！　そんな政治家みたいな言い回ししたわけじゃありません。まんま言葉どおりの意味ですってば。こないだだって店長に見つかって叱《しか》られたし……」
魔王「そうであるか……。ならば『いつものやつ』を売るがよい。んまい棒を一〇本くれ。ポタ五、明太二、サラダ二、チョコ一で。あーあ今日も一本一〇円の、んまい棒かー。育ち盛りであるのに栄養のバランスが悪いであるなー。どこかの薄情な部下が廃棄のビックリチキンカツ弁当をくれたらなー」
博士「ダメなものはダメです。それに、んまい棒は栄養学的に優れた食物です。成長期の魔族に必要なすべての栄養素が含まれています」
魔王「理屈っぽい女である」
店長「おーい、ヒルデ子！　こっち手伝ってくれー」
博士「はーい、店長ー」
魔王「やれやれである」
　魔王、んまい棒をモシャモシャ食べながら出ていく。袋を開ける際、膝でポンッとカッコイイ開け方を（んまい棒を食べ慣れている、という表現）。

第四話
「どうしておばあちゃんというのは孫にヴルボンを食べさせたがるんだろうな？」「それよりもホワイドロリータというネーミングが問題である」

現時点での『パンツ』と言った回数……九九回。

そういや魔王アーザ一四世はウチの学校の生徒で、その上ウチのクラスだったな。トモザキに言われるまで忘れかけていた。

半年前に退治された後、いろいろあって四月からウチの学校に転校し——そして俺と同じく二年C組の生徒となった。

それはいいが、あの魔王、最初の何日か学校に顔を出したきり、ほとんど顔を出しやしない。今は六月だが、それまでの出席日数は一〇日に満たないのではあるまいか。

「すっかりヒキコモリのニートだな」

「ええ、社会問題っぽいわね」

こうして俺とトモザキは『ニューゴージャス高良多《たからだ》』へ。

「おやおや、宮子《みやこ》ちゃんいらっしゃい」

「こんにちは、おばあちゃん」

ウチのばあちゃん、またアパートの玄関前を掃除していた。声を掛けられ、トモザキ（供崎《ともざき》宮子）はペコリと会釈。

トモザキもばあちゃんも、二人とも相変わらず外面《そとづら》はいい。

「よく遊びに来てくれたねえ。あとでヴルボンと芋羊羹《いもようかん》でも持っていってあげようかい」

「いえ、そんなお構いなく」

どうして祖母というのはヴルボン系の菓子を食べさせたがるものなんだろうな。

芋羊羹は分かるよ。年寄りだから和菓子が好きなんだろう。

でもヴルボンってなんでだ？　昔は高級品だったとか、そういう理由なのか？

まあ、それはそれとしてアパートの玄関（共同）。

「靴、そこで脱げよ」

「うん……」

昨日まで『土足厳禁』という張り紙がしてあったが、こないだ入居した外国人が漢字を読めないからだろう。ひらがなで前より分かりやすい張り紙になっていた。

トモザキは学校指定の靴《ローファー》を脱いで廊下に上がるが、いかにも『うへ～っ』という表情。

この女が何を考えているのか、だいたい分かる。おそらくは——、

『こんなとこ上がって、靴下が汚れたり足の裏が痒《かゆ》くなったりしないかな?』

と思っているのだろう。

「大丈夫だ。ばあちゃんが毎日掃除してるから、靴下も汚れないし足も痒くなったりしない」

「いえ、そこまで思ってないわよ」

『そこまで』だってさ。正直なヤツ。じゃあ、どのへんまで思ったんだろう。

ちなみに脱いだ履《は》き物だが、サンダルや下駄だと注意が必要だ。

このアパートに盗みを働く店子《たなこ》はいないものの、たまに他人のサンダルを履いて出かけていく奴がいる。悪意はなく単にズボラなだけだったが。

トモザキは、ばあちゃんが聞き耳を立ててないのを確認すると、

「アンタんとこのアパートって相変わらず、その……『味がある』わね」

と俺の耳元で囁《ささや》いた。

思いっきり声を潜《ひそ》めて。

「つまり、ええと——『クラシックスタイル』というか……」

「いいよ、ボロって言えよ。コソコソ言う必要はないぞ」

「いえ、まあ」

このアパートは外から見てももちろんボロいが、中に入ると一層ボロい。

板張りの廊下は黒ずんでるし、壁の漆喰《しっくい》もあちこちが剝《は》げかけている。

そもそも玄関が共同な段階でボロい。こんなの大昔のアパートの構造だ。家賃の安さはダテじゃない。

廊下を歩くと足元が軋《きし》み、一歩進むごとにキュムっキュムっと鳴った。音はカワイイ。

「うぐいす張りみたいね」

「まあな。俺は逆に、中学の修学旅行で本物のうぐすい張りを見たとき『ウチのアパートみたいだ』と思ったけどな。アーザの部屋は二階だ。階段上るぞ」

「うへえ……」

トモザキ語翻訳『うへえ＝この階段、上ってる最中に壊れたりしない？』

ミシミシと不安な音のする階段で、俺たちは二階へ上る。

一段上るたびにトモザキがビクビクしてるのが少しだけ愉快ではあった。

そして階段を上りきると、そこには——。

「!?　ラプラス参謀長！　なんでそんな格好!?」

「……ん」

魔王の部屋の前に、見覚えのある幼女が立っていた。

いわゆる『アヤナミ系』の、表情に乏しい美貌《びぼう》の幼女が。

ただし全裸で！


ハダカのアヤナミ系幼女曰《いわ》く。

「……〝勇者〟の弟、こんにちは。そして〝女戦士〟、お久しぶり」

ぺこり。

「いえ、普通に挨拶《あいさつ》してんじゃねえわよ！　びっくりしたじゃないの！」

俺とトモザキは驚いたが、それは目の前にいたのが参謀長だからじゃあない。

この子は魔王の側近で、住んでいる場所も近所であったため、わりとしょっちゅう遊びに来ている。ここにいること自体については別段、驚くには値しない。

びっくりしたのは『アパートの廊下の真ん中に、一〇歳くらいの幼女が全裸で立っている』という事実に対してだった。

はい、ここでク・リトル・リトル魔族豆知識。

半年前の敗戦と共に、魔族の軍勢一〇万のほとんどは《暗黒地平》へと帰っていったが、しかし『帰ると敗戦の責任を取らされる一部の幹部級魔族』や『その幹部に忠誠を誓っている者』、あるいは『地上世界が気に入った者』などは、そのまま我々の地上世界に残留した。

人数的には、それなりの数らしい。

具体的な数字は俺もよく知らないが、以前魔王に聞いたところによると『まあまあ売れてるアニメＤＶＤの実販売数』よりは少なく、しかし『さっぱり売れてないアニメＤＶＤの実販売数』よりは多い——という数だそうだ。


このラプラス参謀長も、その一人。

一見、女子小学生のようであるが幹部級魔族の一人で魔王の部下だ。

その瞳《ひとみ》には、常に冷たい知性の輝き。一説によればＩＱ一三〇〇。

冷酷な作戦を次々と立案する『魔族軍の頭脳』ともいえる存在であり、アメリカをたった半月で陥落させたのは彼女の手柄だと言われている。

そんな頭脳派魔族が、廊下にいた。

全裸で。

アヤナミ系なので無表情のままで。

「――ヨシツネっ！」

驚いて見てると、トモザキが慌てて俺の両目を手で覆う。

怪力なので、目の周りがバチーンとなった。痛い。

「アンタ、なんで幼女のハダカ見てんのよっ！　ロリコンか！」

「違う。ロリコンじゃない。廊下にハダカの幼女がいれば誰だってこうなる。驚いて視線を向けた状態のままで固まる」

「か、固まる、って……アンタ、なに言ってんの！　なにが固くなってるっていうのよ、このエロス野郎！」

「言ってない、冤罪《えんざい》だ！　ていうかシモネタ使うな！　らしくない！」

「うるさい、この性犯罪者！　アグネスさんに謝んなさい！」

「チャンさん、ごめんなさい」

「ラムさんのほうにも！」

「ごめんなさい」

「よしっ」

そんなに『よしっ』じゃないと思うぞ。いろいろと。

「それよかラプラス！　アンタ、どうしてハダカなわけよ？」

トモザキに問われると、参謀長はキョトンとした顔になる（もちろん無表情系なので世間一般の『キョトン』よりもずっと平静っぽい顔ではあったが)。

「……むしろ私が訊《たず》ねる側。どうして二人は服を着ている？　玄関に書いてあったはず」

「はい？」

ＩＱ一三〇〇の天才にして魔族軍の頭脳、人類各国の軍隊からは『異世界のハンニバル』『デス・アインシュタイン』と恐れられた、この幼女曰《いわ》く――。

「……『ここではきものをぬぐ』」

「小噺《こばなし》かっ！」

お前、ホントに頭いいのか？

さっきも述べたが――昨日まで『土足厳禁』という張り紙がしてあったのだが、こないだ入居した外国人が漢字を読めないと判明したため、ひらがなで前よりずっと分かりやすい張り紙に変えてあった。

『ここで　はきもの　を　ぬぐ』に。

「ああ、そうね――ひらがなだったから『ここで　はきもの（履《は》き物）を　ぬぐ』を『ここでは　きもの（着物）を　ぬぐ』に間違えたのね…………って、昔の人かっ！　昭和どころか明治のネタかっ！」

さすがは勇者のお供の女戦士。幼女だろうと魔族相手には容赦をしない。

トモザキは〝ツッコミ用アイテム〟を振りかざすと、そのまま、

「うおりゃあああっ！」

——ぶんっ

と参謀長に向かって投げつけた。

思いっきり。

ドスーンと。

それは六〇キロ以上もある質量の塊《かたまり》。ぶつけられた参謀長は、無表情のまま、

「……へぶうっ」

という悲鳴を上げた。

「なによ、その悲鳴？　昔のマンガみたいな声出して。昔の小噺みたいな勘違いへのツッコミだから、それで昔みたいな悲鳴なわけ？」

「……『昔のマンガ』だろうが『現代の現実』だろうが、悲鳴というのはこういうもの。こ・ん・な・ものをぶつけられたら普通は『へぶう』と声が出る」

ああ、そうかもしれないな。

確かに昔風の悲鳴だが、こんなときはつい『へぶぅっ』と言ってしまうものなんだろう。

だいたいトモザキだって今『うおりゃあああっ』って掛け声出してたろ？　それだって充分

昔風だ。

それはさておき、言い忘れていた重要なポイントが一つ——。

【今回のツッコミ用アイテム】

俺

本名、高良多義経《たからだよしつね》。〝勇者〟の弟。身長一七二センチ、体重六三キロ。

投げられると痛い。俺が痛い。すごく痛い。

特に『怪力女が俺を目隠ししようと後ろから手で目を覆っていた状態から、そのままガシッと俺の頭を摑《つか》んで投げつけた場合』はすこぶる痛い。首がそのままもげるかと思った。

裸体の幼女に投げつけられた俺は、ぶつかった衝撃のあまり、

「へぶぅっ!?」

——と昔のマンガみたいな悲鳴を上げた。

「……なるほど、学習した。玄関で服は脱がなくていい」

「そうそう」

「……だが〝女戦士〟のツッコミは、さすがに理不尽かつ乱暴すぎる。これも学習した」

「もっと言ってやれ、もっと」

今の『そうそう』はトモザキの台詞《せりふ》。『もっと言ってやれ、もっと』は俺の台詞だ。

廊下でこれだけ騒げば、さすがに中に聞こえるのだろう。

二〇三号室の中から――。

「誰であるか、さっきから『へぶぅへぶぅ』と騒々しい。アニメの声が聞こえぬではないか」

薄いベニヤのドア越しに、魔王アーザの声がした。

第五話

「この横着者！」

「フフフ、ありがとう。最高の褒《ほ》め言葉である」

「いや『卑怯者《ひきょうもの》』を最高にしとけよ。仮にも魔王で悪なんだから」

「よいか汝《なんじ》ら、『へぷぅ』や『うおりゃあああっ』をバカにすべきではないぞ。確かに『昭和かよ』という古臭い響きではあるのだろう。八〇～九〇年代風である。しかし例えば『〇〇〇（↑マンガのタイトル）』では今でも使い続けておるのだ。〇〇先生に謝れっ！」

「知らねえわよ」

「まあ、しかし『〇〇〇』や『〇〇〇〇〇〇』（↑どちらもマンガのタイトル）は今でも人気があるであるからな。女の子さえちゃんと可愛《かわい》ければ、その程度は気にならないものなのであろう。特に昨今の美少女しか見ておらん読者にとっては。まったくチョロい時代である」

「ん～……あのね、前から思ってんだけどさ」

「なんであるか？」

「アンタ本当に異世界から来た人なわけ？　日本の文化に詳しすぎるんじゃない？」

「今さら、なにを聞くかと思えば……。うむ、ちゃんと異世界から来たのであるとも。疑うのなら異世界手帳を見せてもよい」

「異世界手帳!?」

「埼玉県庁がくれる証明書である。水に溶けるページは貴重であるから使うでないぞ？」

「い・ら・な・い！　やっぱりアンタ、いろいろツッコミどころが多すぎ！」

まったくだ。

ただ、一つ言えることがあるとするならば――俺、ラクだ。

普段は俺が魔王にツッコミを入れていたが、今日はトモザキが全部代わりにやってくれてる。こんなにラクなことはない。

ちなみに異世界手帳は本物だ。こないだ俺が代理で県庁に行って貰《もら》ってきた。

「くふっ、〝女戦士〟は相変わらず騒々しいヤツであるな。久しぶりに会ったというのに、ずっと怒鳴《どな》ってばかりである。

それで汝ら、今日はなにをしに来たのであるか？　余は忙しいのである。録画した深夜アニメを見ねばならぬし、やる夫板で『【ＨＢＣ】やる夫が異色宮大工演歌歌手になるようです【名匠左甚五郎】』の続きも書かねばならん。さらには、ふたばのアヘ顔コラージュスレに作品をアップする予定であるからな。まったく今日は休む間もない」

魔王、意外と多芸だな？

「知っておるか、アヘ顔コラージュ？　アニメ美少女の顔がアップになってる画像を加工してだな、こう、こんな表情に――」

「いいから！　ええとね、言いたいことはいろいろあるんだけど、とりあえず――」

「なんであるか？」

「まずはスカートかズボン穿《は》きなさい！　パンツ（↑なんと、これで祝一〇〇回目！）丸出しにしてるんじゃない！」


――以上は、俺がトモザキに目隠しされていた間の出来事だ。

その後、魔王が『しかしルソン島のパンツであるぞ』と、例の言い訳をしたのでトモザキは怒って、また俺を投げつけた。

また痛い。

現在の状態――。
魔王……部屋の中。コタツでインターネットをカチカチやりながら喋《しゃべ》ってる。

俺……部屋の中。

トモザキ……部屋の外。開けた戸の前に立っている。

参謀長……やはり部屋の外。俺たちの後ろでゴソゴソ脱いだ服を着ているところ。

だいたいこんな感じだった。

ついでに言えば、魔王はまたジャージとドテラ。昨日と同じ格好だった。

もしかすると昨日からずっと着替えていないのかもしれない。


「やれやれ乱暴な女であるな」

魔王は、頭に大きなコブを作りながら（考えてみれば、これも昔のマンガ風だ）ゴソゴソとスカートを穿いていた。

やたらと短いミニのフレアースカートで、肌の露出部分はそう変わらないものの、すらりと伸びる素足の両脚がなんというか『健康的な可愛《かわい》さ』を醸《かも》し出している。気もする。

（……コイツ、パンツ丸出しよりスカート穿いてるほうが可愛いんじゃないか？）

「む？　ヨシツネ、余の脚を見ておるな？　もしや『コイツ、パンツ丸出しよりスカート穿いてるほうが可愛いんじゃないか？』と思っておるのか？」

「思ってない！　勝手なこと言うな！」

嘘《うそ》だ。相変わらず勘が鋭い。一字一句漏らさず当てやがった。

「だが一六歳の男子としては不健全であるな。その年頃の童貞の男子ならば、パンツのほうに興味を持つべきであろうに。一六歳でパンツよりスカート姿のほうがいいなどと思うのは、むしろスカートフェチの変態である」

そんなはずあるか――と言いたいところだが、確かに言われてみればそんな気もする。

だんだんと自分でもよく分からなくなってきた。

「まあよい。立ち話もなんである。座るがよい。

〝女戦士〟も、ほれ、入ってくるのだ」

「う、うん……」

うん、とは返事をしていたものの、女戦士ことトモザキは露骨に躊躇《ちゅうちょ》していた。

理由は簡単に想像がつく。


「トモザキ、魔王の部屋見るの初めてだっけ？」

「うん、初めて……」

「じゃ気をつけろ。廊下はばあちゃんが掃除してるから、古いだけで汚くないが――」

歩いても靴下が汚れることはないし、足が痒《かゆ》くなることもない。

「けど部屋の中は別だ」

「………でしょうね」

ばあちゃんが掃除していないから靴下は汚れる。

歩くたび足の裏に『パリパリ』や『グチャッ』という感触がした。

「なんなのよ、この散らかりっぷり……どうして掃除しないの、この横着者！」

「フフフ、ありがとう。最高の褒《ほ》め言葉である」

いや、『卑怯者《ひきょうもの》』を最高にしとけよ。仮にも魔王で悪なんだからさ。


さて、このあたりで魔王アーザ一四世の部屋について改めて説明するとしよう。

この『ニューゴージャス高良多《たからだ》』二〇三号室は、四畳半一間で押し入れつき。もともとキレイな部屋ではなかったが、しかしそれは『古くてボロい』という意味だ。

どの部屋もそうだった。畳は湿っぽいのに日焼けで変色していたし、昔は真っ白だったであろう壁や押し入れの襖《ふすま》も色がくすんでしまってる。ガラスサッシは微妙に歪《ゆが》んでいるらしく、風の強い日には隙間《すきま》風が入ってきていた。ここは二階だから、もしかすると台風の日には雨漏りもするかもしれない。

もともとそんな部屋ではあったが、しかし今は『汚い』の意味合いが違う。

汚れていた。

部屋の真ん中には布団《ふとん》兼用の万年ゴタツがドーンと鎮座ましましていて、それを爆心地《グラウンド・ゼロ》にして――あえて『中心』ではなく『爆心地』と表現する――その周囲を汚染していた。

食べ散らかした菓子の袋や、コンビニ弁当の容器、雑誌やマンガ本。

いつ食べたか分からないミカンの皮やら洟《はな》をかんだティッシュやら。

それに脱ぎ散らかした着替えまで。

そういったものが散乱した状態だ。

コタツの上も似たようなもので、ゴミの山になっている。ただノートパソコンが置かれている一角だけは比較的、山が低くなっていた。

壁はアニメ美少女のポスターがベタベタと貼《は》ってあったが、テープの糊《のり》が弱かったのか、ベロンと半分剝《は》がれかかっている。

埃《ほこり》の積もり方を見たところ、ポスターは長い間このままの状態らしい。おそらく面倒臭くなって剝がれかけのまま放置してあるのだろう。愛情が感じられない。このアニメ美少女が好きだからこそ、わざわざポスターを貼ったはずなのに。

いずれにせよ、剝がれかけのポスターというのは散らかった床以上に、部屋を荒《すさ》んだ雰囲気にするものらしかった。

それと……パンツ雪崩《なだれ》でできた山！

昨日の押し入れの雪崩がそのまんま。部屋の四分の一近くがパンツで埋まっている。タタミ一畳強の面積、すべてがパンツ。例のルソンのしまパンだ。

――と、どれだけ言葉を尽くしてもキリがない。

この部屋の汚れっぷりについてはトモザキが最初に室内を見たときの、

『うわあ……』

という一言が、一番的確に表現しているだろう。

うん、確かに『うわあ』って感じだ。

「くふふっ、さっきの『うわあ』は良かったであるな。そうである、この部屋を『魔王庵うわあ』と名付けよう。粋人《すいじん》で知られた戦国武将、古田織部《ふるたおりべ》が屋敷に『うぎゃあ』という号をつけたのにちなんで」

「やめろ。人んちの物件に勝手な号をつけるな。あとお前は『へうげもの』ネタが好きすぎる」

いろいろ気になる点はあるのだが――。

最後に一つだけ追加で気になる点を語るならば…………部屋の隅に置かれた謎《なぞ》のペットボトルの存在だろう。

昨日は気づかなかったが、ちょうど魔王の座っている位置からギリギリで手の届くあたり。そこに黄色い液体に満たされたペットボトルが軽く見積もって一ダースほど置かれていた。

トモザキもそれに気づいたらしく俺を肘《ひじ》で突《つつ》きながら聞いてくる。

「ねえ、ヨシツネ――あのペットボトルってなんだと思う?」

「さあ……」

「お茶……かしらね? 黄色っぽいし。でも、それにしては、その――飲み終わったコーラとかのペットボトルに黄色い液体が入ってる感じに見えるような……」

「ああ気になるな。トモザキのほうから、ちょっと魔王に聞いてみてくれよ」

「アンタが聞きなさいよ。大家の息子でしょ」

「嫌だ。断る。もし『想像通りのもの』だったら嫌だから」

「あのね……アンタ、それでいいわけ？　自分ちのアパートのことじゃない」

うるさいな。嫌なものは嫌なんだよ。

俺たちがヒソヒソ会話をしてると、魔王が話に入ってきた。

「どうしたである？　そこのペットボトルが気になるのであるか？」

「いや、その……」

「だが、これ以上気にするのはやめるがよい。単に『謎の黄色い液体』とでも思っておれ。中南米で取れる感じの。いわゆるカリビアンゴールドである」

「オッケー分かった。俺はそうする」

「ヨシツネ……アンタ、ホントにヘタレなのね」

いいだろ、別にヘタレでも。

とにかくペットボトルの中身は『中南米あたりで取れる感じの謎の黄色い液体』らしい。この話題、終了！

「まあ、いいわ。ヨシツネがヘタレなのは前から知ってたし。それはそれとして……アーザ、この部屋ってなによ！　魔城のアンタの部屋も汚かったけど、ここまで散らかってなかったじゃない。もうほんのちょっとだけキレイだったわよ」

「当然である。魔城に住んでおった頃は将軍やら秘書官やらが勝手に片づけておったのだ。あやつらと同居しておらぬ今、こうなるのは自明の理。

それよりも汝《なんじ》は、いつまで入り口で突っ立っておる気であるか？」

「う、うん……」

魔王に早く中に入れ、と促されたが、トモザキはなかなか覚悟が決まらないようだった。

「どうした〝女戦士〟、臆《おく》したか？　安心せよ、罠《わな》などないぞ」

今の台詞《せりふ》、魔王っぽい。

ただ、入らない理由は罠を警戒してではなかったが。

「ふふン、先ほどヨシツネをヘタレと言っておったが、しかしヘタレは汝も同じであるな。汝がどれほど勇気がないか、諜報《ちょうほう》担当の部下から聞いておる。

余の魔城に乗り込む前に、好きな男に告白しようとしたのであろう？　しかし、さんざん悩んだ末に言い出せないままだったそうではないか」

「なぁ……っ!?　アーザ、なんでそんなこと知ってんのよ！」

「えっ、なに？　トモザキ、そんな相手いたのか？　誰だよ、俺の知ってるヤツか？」

俺がそう訊《たず》ねると、トモザキは顔を真っ赤にさせながらドカドカ部屋に入って『それ』を手に取り――、

「このバカ――――っ！」

と、力いっぱい引っぱたいた。

俺を。

頭のあたりを。

ぽこん、ぽこん、と何度も。

あの謎《なぞ》の液体のペットボトルで！

第六話
「クーゲルシュライバーッ!」
「ドイツ語でボールペンの意味であるな。字面は必殺技っぽいが」

「トモザキ、なんてことするんだ！　ペットボトルが破裂したらどうする。『中身』で水(?)びたしになってしまうだろ」

「うるさいわね、自業自得よ！　全部アンタが悪いんだから！」

――ぼこんっ！　ぼこんっ！　ぼこんっ！　ぼこんっ！

〝女戦士〟ことトモザキは、怒ってるんだか照れてるんだか、ペットボトルで俺の頭をぼこんぼこんと何度も叩《たた》いた。

これ、地味に痛い。

どこかの格闘マンガで読んだ知識だが、本気で鍛えた人間が扱うと水は石より固い凶器になるらしい。まさにそれだ。一発叩かれるたびに頭がクラクラする。

そんなふうに俺がひどい目にあってる様子を、魔王はニヤニヤ笑って見物していた。

「くふふっヨシツネ、殴られて可哀想に……。だがペットボトルの中身が、余の『謎《なぞ》の黄色い液体』であるのがせめてもの幸いであろう。美少女の『謎の黄色い液体』入りペットボトルで殴られるなど、一六歳男子の世界ではご褒美《ほうび》であるからな」

いいや、一六歳の男子はさすがにそこまでマニアックじゃない。


「──で、汝《なんじ》らなんの用で来たのであるか？」

ああ、そうだった。ずっとドタバタしていて忘れるところだった。

ここらで閑話休題《かんわきゅうだい》。キリがないので本題に入る。

このまま叩かれ続けたら、俺もペットボトルも持たなくなる。どっちも壊れたら大惨事だ。

俺は改めて魔王に言ってやった。

「魔王！　家賃だ、家賃払え！　三か月分！」

「殴られすぎて記憶が飛んだか？　その話ならば昨日したばかりであるぞ」

「払ってないから今日もしなきゃいけないんだろ！　いいから払え！　でなければ、払う方法を考えろ！　あんなツルペタケの商売とかじゃなく！」

「くどいぞヨシツネ。それで〝女戦士〟も同じ用か？」

「あたし？　あたしは別よ。今日はクラス委員として来たの。先生に頼まれて」

あ、話題流された。

トモザキも少しは俺に協力しろよ。クラス委員の仕事に熱心なのは分かるんだが、俺の小遣いだって大事だろ？

「汝《なんじ》がクラス委員であると？　眼鏡《めがね》をしてないし、髪も三つ編みでないではないか」

「なんでクラス委員だと眼鏡で三つ編みじゃなきゃいけないの。アンタ、ずっと学校来てないでしょ？　さすがに休みすぎだって先生が言ってたわ。このままだと落第だそうよ」

「なんと⁉」

「明日からちゃんと学校来いってさ」

「うむむ……」

おっ、魔王が困ってる。

魔王でニートで異世界人のコイツでも、さすがに落第は怖いのか。考えてみれば妙なメンタリティではあるな。

（いや――こいつのメンタリティが妙なのは、もっと根本的な部分でだな。コタツでアニメ見たりネットしたりしてる段階ですでに妙なのか）

「うむむむむむむ………学校に行かねばならぬのか……」

「『うむむ』じゃなくて行けばいいじゃない」

「汝らはいつもそう言う。わけがわからないよである。しかし余は忙しいのだ。2ちゃんやふたばの巡回はもちろん、伊集院のラジオへの投稿、それにツイッター上で児童ポルノ禁止法に反対する運動もやっておるのだ。他にもニコニコする動画でダンスなどを披露する予定もある。実はこれ、ダンスを見せるのが目的ではなく、歌のタイトルを検索しにくくするイヤガラセであるのだが……」

「ヒマ人そのものじゃないの！　いいから学校来なさい、せっかく入学したんだから！」

「ぐぬぬ」

と、そこに、やっと着替えを終えたラプラス参謀長が入ってきた。

参謀長は魔王軍の解散後、近所にある名門私立小学校に特待生として通っており、今着ていたのはそこの制服。

紺色ブレザーにブラウスとネクタイ、スカートの下はタイツという組み合わせの制服だったが、ただ彼女はネクタイを結ぶのが苦手だったらしく、大変な苦戦の末、今さっきやっと着替えが完了したらしい。

超頭脳の持ち主（ということになっている）のくせにネクタイが結べず悪戦苦闘する様子はなんとも子供らしくて、ちょっと可愛《かわい》らしかった。

そのラプラス参謀長、曰《いわ》く。

「……アーザ殿下、〝女戦士〟の言《げん》に従うべき」

「なんと!? おのれ参謀長、裏切ったか！ 余に学校に行けなどと——!!」

「……そうではない。殿下は学校に行ったほうがトクになる。ご存じのはず」

「ぐぬぬぬぬ……」

参謀長、今ヘンな言い方したな？

学校に行ったほうがいい、ってのは分かる。俺もそう思う。

だが『トクになる』って、どういうことだ？

もちろん教育を受けるのはトクなことだろうが。しかし参謀長はそういう意味で言ったんじゃないような……。

「アンタたち、なにか事情がありそうね？」

気になっていたのは俺だけでなかったらしく、先にトモザキが訊《たず》ねてくれた。

参謀長は、問いに答える。

「……そう。事情がある。〝女戦士〟だけでなく〝勇者〟の弟もよく聞いておく。家賃の支払いにも関係のある話」

家賃に関係があるだって？

魔王が学校に行くことが、ウチの家賃……ひいては俺の小遣いアップにつながると？

それは一体、どんな話だというんだ——!?

「……そのあたりの鍵になる女が、もうすぐここに来る」

と、その瞬間！

——がらっ

ノックもなしに部屋の戸が開く。

そこにいたのは、なんと……。

「おや、この部屋にいたのかい。ヨシツネ、おやつを持ってきてあげたよ」

「ばあちゃん!?　じゃあ鍵になる人物ってのはウチのばあちゃんだったのか！」

「……違う」

——って違うのかよ、参謀長！

「なにを言ってるんだいヨシツネ。アタシはおやつを持ってきただけだよ」

ばあちゃん、まぎらわしい！

なんでこんなタイミングで入ってくるんだよ。

「おや、宮子《みやこ》ちゃんだけでなく、ラプラスちゃんも遊びきていたのかい。ほらヴルボンと芋羊《いもよう》羹《かん》だよ。たんとおあがり。いっぱい食べて大きくおなり」

「……ん」

そう言ってばあちゃんは、ヴルボンと芋羊羹《いもようかん》で山盛りのお菓子盆を置いた。

コタツの上はゴミだのなんだのでいっぱいだったから、そのさらに上に。

「やれやれであるな。どうしておばあちゃんというのはヴルボンを孫に食べさせたがるものなのであろう」

おっ、魔王のやつ、俺とおんなじ疑問だ。異世界から来たクセに。さっきのトモザキじゃないが、ホントにコイツ異世界人なのか？

とはいえ、さすがは異世界人。

「ははあ、さてはヴルボンには母親（祖母から見れば『息子のお嫁さん』）を嫌いになる成分が入っておるのだな。嫁姑戦争の兵器であるのか。さすがは老人、悪知恵が働く」

と異世界人らしく、俺には想像もつかない結論を出しやがった。

「おそらくはウェスタースオリジナルにも似た成分が入っておるのだろう。あれの場合は父親（祖父から見れば『娘の結婚相手』）を嫌いになる成分なのであろうが」

「ねえよ！　母親が嫌いになる成分なんて！　そんな成分入ってたら家庭がメチャクチャになるだろ。家族関係が険悪になってさ」

「安心せよ。不字家のミルキーを与えればよい。ＣＭで言っておるように、あれには母親の成分が含まれておる」

「そんな意味のＣＭじゃないと思うぞ」

お菓子メーカーの人に聞かれたら叱《しか》られそうだ。本当に大丈夫なのか？

しかし魔王アーザは、さすが魔王。

そんなのはささいなことだと話を続けつつ、お盆のお菓子に手を伸ばす。

「ま、もっとも余としては、だ。ヴルボン系の菓子ならば、むしろホワイドロリータの名のほうが気になっておる。日本語に訳すと『白きロリータ』。まるで余を褒《ほ》め称《たた》えるために作ったような――」

と、そのホワイドロリータ（俺もこの名前は気になる）を掴《つか》んだ、まさにその瞬間――。


「――クーゲルシュライバーッ！」


突如、中二病的なやたらカッコいい叫びが響き渡った。

アパート中を震わせるほどの音量で。

声の主は、なんと……。

「ばあちゃん!?」

声の主は、ウチの祖母。

七一歳になる和服姿の婆さんが突然、必殺技っぽくカッコいい叫びを上げたのだ。

それはツッコミ用アイテム『クーゲルシュライバー』で、魔王の手の甲を刺すときの掛け声だった。

【今回のツッコミ用アイテム】
クーゲルシュライバー
ドイツ語でボールペンの意味。必殺技みたいでカッコいい。
一〇〇円ショップで赤黒二本セット一〇五円で購入可。

——ぶすっ

安物のボールペンが魔王の手に突き刺さる。

一方、刺された魔王は、

「ギャ————ッ！　ナンバーショット！」

と甲高《かんだか》い悲鳴を上げた。やはり技名みたいだったが本当はただの方言（なにをする《なんばしよっと》）だ。どうして急に博多弁に？

「まったく図々しい子だね！　家賃を払わない子に食べさせるヴルボンはないよ！」

「わ、分かった！　分かったである！　食べないである！　すまぬ！　ごめん！　ごめんなさい！　ごめんなさいごめんなさいごめんなさい！」

魔王アーザは普通の口調になるくらい必死でペコペコと謝っていた。

さすがは、ばあちゃん。

あの姉の祖母《勇者》で、自らも『伝説の勇者の血を引く者』なだけのことはある。俺だって同じ血は引いてるはずだが、とてもそうは思えなかった。

「いいかいヨシツネ、よくお聞き」

「えっ、俺？」

「アンタも『勇者の血を引く者』なんだから、このくらい身につけておくんだよ。クーゲルシュライバーなんざ勇者の技術の初歩の初歩だからね」

「なんの初歩だよ⁉　女の子をボールペンで刺す技術なんて身についてなくてもいいんだよ！」

「ふん、女の子の前だからって紳士ぶっているつもりかい？」

いや別に、そういうつもりじゃない。

ていうか、このばあちゃんホント上品なのは見た目だけだな。

「けどヨシツネ、気をつけな。時に〝優しさ〟には〝他人を傷つける覚悟〟が必要な場合もあるんだよ。ボールペンとおんなじさ」

「いいや、ボールペンはそこまで覚悟を要する道具じゃないね」

少なくとも〝優しさ〟と同列に語られるような道具じゃない。

すっかり話の腰を折られてしまった。

「ごめんなさいごめんなさいごめんなさいごめんなさい……」

ばあちゃんはさんざん話の邪魔をした後、魔王の部屋から去っていったが——しかし、その後も一〇分ほど当の魔王が『ごめんなさいごめんなさい』とガタガタ震えていたために、話はちっとも進まなかった。

「ねえラプラス。アーザはいいから、さっきの話の続きをしてよ」

「……分かった」

トモザキも参謀長も、冷たいというか俺より精神的にタフなようだ。震えるアーザを横目に、さっさと話を進めていく。

「……アーザ殿下は学校に行くべき。事情がある。家賃の支払いにも関係のある話。そのあたりの鍵になる女が、もうすぐここに来る。実は——」

と、ばあちゃんが来る直前にしていた会話を、まるでテレビのＣＭ明けのように繰り返した

……………ちょうどその瞬間！

――がらっ
また部屋の戸が開いた。
「――殿下、一大事にございます！」
戸を開けたのは、また別の女魔族だ。

彼女の名は、ウィトゲンシュタイン将軍。

あるいは単に〝将軍〟とだけ呼ばれることも多い。魔王軍には数多くの将官がいるにもかかわらず、ただ〝将軍〟と言った場合、大概は彼女のことを指す。

そんな人類側も認めるク・リトル・リトル魔族の名将であった。

ラプラス参謀長が『魔族の頭脳』であるのなら、ウィトゲンシュタインは『魔族の剣』であるのだろう。

また彼女は年の頃二〇歳前後の、まさにクールビューティーといった巨乳美人。まるで美術館に飾られた日本刀のように鋭い色香を放っていた。余談ながらも推定バストサイズは一〇五センチ。誰もが認める巨乳美女だ。

そのウィトゲンシュタイン将軍が、戸の外にいた。

全裸で。

「失敬。張り紙に書いてありましたもので、このような姿でご無礼を……」

「って、アンタもか！」

果たして、将軍の言う一大事とは？　魔王が学校に行ったほうがいい秘密とは？

次回に続く！

第七話

「結局、亀仙《かめせん》流より鶴仙《つるせん》流のほうが武術としては勝っておるのだ。後半からゴクウも『舞空《ぶくう》術《じゅつ》』とタメなしのエネルギー弾』というバトルスタイルだったではないか」

「……宇宙人も大抵そのスタイル。宇宙的に鶴仙流のほうがスタンダード」

前回までのあらすじ。

うちのアパートに巨乳女幹部がやってきた！　全裸で！　ヤァ、ヤア、ヤァ！

「トモザキさん、一生のお願いです！　この手を離せコンチクショー!!」

「はーなーすーかーっ！」

トモザキの奴、なんという反射神経。

ドアが開いて『あれ、もしかして全裸か？』と思った瞬間には、俺の目は既に覆《おお》われていた。

まだチラッとも見ていないのに。巨乳なのに。

「頼む！　一秒！　ほんの一秒だけでいいから！　そのあと二〇分ほど席を外させてくれれば

いいから！」

「うるさい！　後半の二〇分はなにをする気よ！　くっ、ヨシツネのくせになかなかの腕力！　こいつ、いつの間にこんな――」

「……童貞の男子高校生は、巨乳が絡むと普段の六倍の身体能力を発揮する。魔族の軍事科学研究所で測定した学術的データ。……それより、さっきまでの話はどうする？　殿下が学校に行くべき理由について」

いいんだよ、そんな話どうでも！　おっぱいおっぱい！

参謀長がなにやらいろいろ言ってるが、もう俺の耳には入らない。興味もなかった。

「ああ、もう！　ヨシツネじたばた動くな！　もうちょっとだけ待ちなさい。すぐに着替えが終わるから」

「終わったら遅いんだよ！　頼む、頼むよ……!!」

「うわっ、コイツ泣いてる！　マジ泣き!?　押さえてる手がぬるぬるしてキモイ！」

「……〝女戦士〟よ、注意する。涙で滑らせて脱出する手口かもしれない」

さて、ここらでウィトゲンシュタイン将軍についての外見描写をしておこう。

まず――彼女は巨乳だ。それは既に述べた。

戦争当時、軍事評論家たちが分析したところによると、そのバストサイズは実に一〇五センチ！

当時は常にビキニ鎧《よろい》（《暗黒地平》の物理法則では、ちゃんと意味のあるものらしい）を着ていたので、測定は簡単であったらしい。

ただし、鎧によって隠された乳輪のサイズについては『人類の平均よりも小さい』とも『CDシングルサイズ』とも諸説紛々《しょせつふんぷん》。軍事評論家たちも意見が分かれた。

余談だが『CDシングルサイズ』と分析したのは、アメリカから来た自称『もとCIAの軍事アナリスト』。例のヅラの軍事評論家と『夢がねえんだよ！』『いいだろ、巨乳輪！　我が国のAV女優はみんな巨乳輪だぞ！』と激しい論争になっていた。

それと巨乳に比べれば大した特徴ではなかったが――戦争後、町で普通の人間に交じって暮らすようになっても、常に剣を携《たずさ》えていた。武人としてのプライドなのだろう。鎧も一部分だけだが服の上から身につけていた。

あと、これまた巨乳に比べれば大した特徴ではなかったが――角《つの》が生えてた。牛というか羊というか、そういうやつ。魔族らしい。

それから、やはり巨乳に比べれば大した特徴ではなかったが――肌の色が青紫色だった。いずれにせよ、大した特徴じゃない。人によっては『むしろ、それがいい』と言っていた（たとえば先述の軍事評論家たち。日米とも）。巨乳に比べれば大した特徴ではなかったが。

ともかくも、彼女はそういう感じの巨乳美女だった。

それが、全裸で！　同じ部屋に！

「は──な──せ──よ──っ！　み──せ──ろ──っ！」

「ヨシツネ、しつこい！　かくなる上は……目の奥にあるツボを突くことにより一時的に視力を奪う究極奥義を使うしか！　たあっ！　必殺、流星目潰《めつぶ》し！」

「ギャ────ッ！　目が！　目がぁぁぁぁぁぁっ！」


さて──俺がトモザキと『聖戦』とも言うべき激しい争いを繰り広げているその頃。

当の将軍と魔王は、なにやら話をしていた。

「殿下、あの者たちはなにをしているので？」

「気にするでない、将軍よ。それより、なにか着るがいい。ほれ、男もののワイシャツである。あるいはノーブラで直《じか》に薄手のセーターを着てもよい」

「いえ、自分の服がありますので……。仕事先の制服ですが」

「ふむ、そうであるか」

なんか今、気になる会話をしていなかったか!?

ノーブラで直に薄手のセーターとかなんとか……。

「それで一大事とはなんである？」

「はっ、それなのでございますが……勤め先の町工場《まちこうば》が、経営不振のために倒産を！」

「なんと!?」

「このままでは今月の殿下への仕送りもままなりませぬ……!!」

「おおお！　そんな馬鹿なである——!!」

「他の部下たちも不景気ゆえに、ろくにカンパも集まらず……。殿下が学校を卒業して、ご自分で働きに出るまで、部下一同で仕送りをするという約束であったのに！　我々は情けのうございます！」

「う、うむむむ……」

「しかも、かつての忠臣、軍事科学研究所所長のヒルデガルド博士（現コンビニエンスストア店員）に至っては『殿下は学校サボってるじゃありませんか。そんな人にあげる仕送りはありませんね』などと言い出す始末！　どこでそんな嘘《うそ》を聞いたのか！」

「そ、そ、そうであるな。悪質なデマである」

「仕送りができぬとは口惜しや……!!　我らの仕送りを殿下が、たとえば——家賃も払わず、アニメのＤＶＤやゲームを買ったり、有料エロサイトを見たりするのに使っているのならいざ知らず！　このようなアパートで慎ましやかに暮らしながらも学業に専念する殿下を、金銭的に支援することができぬとは……」

「う、うむ……」

「学校にも行かず、自堕落な生活をするのに使っているのならばいざ知らず！」

「うむ……汝《なんじ》、本当は分かって言っておるのではないのか？」

「は？　なにがでございましょう？」

「い、いや、なんでもない！　なんでもないぞ、うむ！」

「ともあれ、しばらくの間、仕送りはご勘弁を……」

「そうであるか……。仕方があるまい」

「ところで殿下、一応伺いますが——」

「む？　なんであるか将軍、急に真剣な顔になって」

「……本当に、学校をサボったりはしておりませぬな？」

「だ、だから怖い顔をするでない！　サボったりするはずなかろう！」

「無駄遣いもしておられぬと？」

「ととと、当然である。心配するでない」

「そうですか、それはよかった。ところで……あそこに山積みになっているアマゾンのダンボールは？」

「あ、あれは……ヨシツネのである！　実家ではエロＤＶＤが受け取れぬと言うので、余が代わりに受け取ったのだ！　大家の息子思いなのである！」

「そうでございましたか。疑うようなことを言って申し訳ございませぬ。もし学校をサボっておられたら、仕送りを正式に打ち切った上で、なんらかのお仕置きをせねばいけないところでございました」

「は……ははは、将軍は心配性であるな。そんなこと、あるわけないではないか」


一方その頃、俺とトモザキと参謀長。

「……〝勇者〟の弟よ、聞いてのとおり。どうして殿下が家賃を払わないのか、今ので理解ができたと思う。実は家賃のお金はあったのに使い込んでいたことも。ただ、仕送りが貰《もら》えなくなるかもしれないのは予想外…………」

「うおおおおおおっ！　目があああああ――――っ！（ゴロゴロゴロゴロゴロ）」
→は、右から順に参謀長、俺。ゴロゴロは床をのたうち回る音だ。
流星目潰《めつぶ》し――それは目の奥にあるツボを突くことにより一時的に視力を奪う〝女戦士《トモザキ》〟の究極奥義だった。目、すげえ痛い。

「トモザキ、さすがにやりすぎだ！　目潰しはないだろ、目潰しは！」

「う、うるさいわね！　このくらい普通よ！　『ドラゴンボール』のゴクウだって初期はチョキで目潰しが必殺技だったんだから！」

「ゴクウはそんなことしない！」

「ううん、しーまーすー!!　しーてーまーしーたー!!」

「……どうやら聞いていなかったらしい。大事な話をしていたのに」

第八話
「せいとかい……英語で言うところの『セックス・アンド・ザ・シティ』であるな」「それは『生徒会』じゃなくて『性都会』だ！」「汝《なんじ》、よく今のボケに対応できたな？」

前章にて『巨乳』『おっぱい』『バスト』などと言った回数……一八回。

思ったほど多くはなかった。


ともあれ、そこからさらに数分後。

「それでは、私はこれにて」

「うむ……」

やっと俺の視力が回復したとき、巨乳美女はもう帰るところだった。

しかも、ちゃんと服を着て。

ほら見ろ、トモザキ！　お前のせいで結局巨乳が見れなかった！

「うむむ……。仕送りを待たねばならぬのも辛いが、どうやら将軍に疑われておるようなのもまた辛い。博士め、まさか将軍にチクるとは……毎日バイト先に廃棄弁当を貰《もら》いにいってたので嫌われてしまったのだろうか？」

「……これに懲りて学校くらいは行ったほうがいい」

「参謀長、汝までそんなことを！　汝は味方であると思っていたのに！　地上世界で言うところのシーザーの気分である。『ブルータス、お前も学校に行けというのか！』」

たぶんシーザーはそんなこと言ってない。

「『ブルータス、お前も余に粉チーズをかけるというのか！』」

なるほど、それが『シーザーサラダ』の語源というわけか。いや、嘘《うそ》に決まっているが。

ともあれ参謀長の返事は以下のとおり。

「……私は放課後に遊び相手がいて助かるが、学校くらいは行ったほうがいいと思う。一日中ネットばかりしていると『無職なのに社会問題ばかり気にする人』か『自分も無職のくせに〝社会問題ばかり気にするヤツって社会的に底辺のヤツが多いんだってよ〟と悪口ばかり言う人』になってしまう。

個人的にはどうせ無職ならガマンせず『社会問題ばかり気にする人』になったほうがトクと思うが……可能ならどちらにもならないべき。ウザいから」

「うむむ、そうであろうか……」

一応言っておくが、お前らも半年前までは社会問題だったんだからな？　忘れるなよ？　あと魔王はニートだから、また別の社会問題でもあるんだぞ？

「将軍といい汝《なんじ》といい、余の部下は口うるさい者たちばかりである」

いいや、かなり甘やかされてると思うね。客観的に見て。

「……それと、せっかく家賃や食費を使い込んだのだからアマゾンから届いたＤＶＤは観たほうがいい。せめてダンボールくらいは開けるべき」

「汝は分かっておらぬな。アニメＤＶＤというのは、もともとそういうものであるのだ。封を開けずに『ただなんとなく持っているだけ』なものなのである。世のアニメファンに聞いてみよ。『買ったＤＶＤをちゃんと観ておるか』となｏ七割が『ＮＯ』と答えるであろう。皆そうなのである。あるあるネタである」

「……殿下の考えには賛同できない」

「ほう？」

「……せっかく買い揃《そろ》えておきながら観ないのは、作った人にも失礼。ちゃんと三巻くらいまでは観るべき。全部観ないのは仕方ないとしても」

いや、観るんだったら最後まで観ろよ。せっかく、って言うんならさ。

まあ、それはさておき――。

そろそろ一言いってやるか。

「魔王！　参謀長も！　学校に行く行かないの話をしてるのに、アマゾンの話で盛り上がるんじゃない！」

「うおっ、びっくりした！　ヨシツネよ、急に話に入ってきたな？」

「ああ、そろそろ視力も回復したし、あの後トモザキにボコボコにされたダメージも回復してきたからな。まったく気軽にボコボコ殴《なぐ》りやがって」

と、そこにさらにトモザキが話に割り込む。

「殴られて当然なのよ。二言目には巨乳巨乳って。本当なら、あのままキャメルクラッチで胴体真っ二つにして、そのままラーメン状にしてやるところだったんだから。『キン肉マン』でブロッケンマン（父）がやられてたみたいに」

「なんてひどい残酷描写だ。どんなに規制が緩い時代でもテレビじゃ放送できないだろうな」

「そうかしら？　いいから話を続けなさいな」

「おう。とにかくアマゾンの話で盛り上がるんじゃない」

「難しいであるな。余はアマゾンの話が大好きなのだ。去年の戦争の際には『アマゾンを占領してアニメのＤＶＤや美少女フィギュアを奪おう』と軍勢を南米に向かわせたほどである」

「南米にそのアマゾンはねえよ！　名前だけだ！　ただの会社名だ！」

「うむ、あとで知った。『たい焼きに鯛は入ってない理論』であるな。あるいは『うぐいすパンにうぐいす餡《あん》は入ってない理論』と呼ぶべきか」

「けど、そうか。やっと分かった。だから、あんなワケわかんない場所で米軍と決戦してたのか。軍事評論家がワイドショーで悩んでたぞ」

「あんなヤツら悩ませておけばよいのである。それと汝《なんじ》、余のボケを一つ無視したな？」

「？　なんの話だ？　とにかく、その話はいいんだよ！　さっき、おっぱいトークのついでになんとなく聞こえていた話によれば…………お前、学校行かないと仕送り貰《もら》えなくて家賃払えないってことなのか？」

「うむ……。まあ、そういうことであるな。仕送りを貰っても家賃を払うかどうかはゴニョゴニョ……」

「それから他にもいろいろ言ってたな。なんだっけ？　家賃の分のお金が、ええと――」

家賃分のお金、本当は貰っていたとかなんとか……。

「そっちは気のせいである。巨乳に気を取られて幻聴を聞いたのであろう」

そう……かな？　うん、そうかもしれない。

あれほど巨乳に集中していたんだ。有り得ない話じゃなかった。

「ヨシツネは扱いがラクであるな」

「？　ラクってなんだよ？　とにかく、そういうことなら明日からは学校に行ってもらうぞ。

でないと仕送りが貰えないんだろ？」

「ぐぬぬぬぬぬぬぬぬぬぬぬぬぬぬぬぬぬぬぬぬぬぬぬ……」

「お前、今、心底イヤそうな顔をしているぞ」

「ぐぬぬ……まあよい、分かった！　分かったである！　皆がそこまで言うなら学校に行こうではないか。学校でやってみたいことも幾つかはあるであるしな」

「なんだよ、やってみたいことって？」

「たとえば、せいとかい……英語で言うと『セックス・アンド・ザ・シティ』であるとか」

「――って、それは『生徒会』じゃなくて『性都会』だろ！」

「うむヨシツネ、偉いぞ。今度はちゃんと難しいボケに対応できたな。ともかく生徒会はやってみたい。余はオタクであるからな。オタクは生徒会に入るものであるのだ」

「やめろ、そういう発言。生徒会やってる人が聞いたら気を悪くするだろ」

「そうよ！　私だって生徒会の書記やってんのよ？」

「そこはほれ、〝女戦士《トモザキ》〟はオタクであるから……」

「なんですって!?」

「体育会系の部活に入ることで自分を誤魔化《ごまか》そうとしておるが、2ちゃんもアニメもラノベも大抵のことは嗜《たしな》んでおるであろ。ニコニコする動画で魔王退治の様子を生放送しようとして〝勇者〟から叱《しか》られておったし……」

「こ、このぉ——!!」

まあ、実はそうなんだよな。

昔からそうだった。この女、会話の端々にも『ちょっと古い世代のマンガやアニメ』のネタを使うし。

その意味ではトモザキは魔王と話が合いそうなものなんだが、この二人別に仲良しというわけでもなかった。

それどころか時には『好きな男子でもカブってるのか?』というほどの不仲ぶりを見せることさえもある。不思議なものだ。

ともあれ——俺も平均的な男子よりはそっち寄りで、古いネタなんかにも比較的対応できるのは、この女の影響だった。

トモザキは拳を握ったままワナワナ震えたかと思うと、いきなり——、

「このバカ——っ!」

「——へぶぅっ!?」

と、俺を右フックで殴《なぐ》りやがった。

「おいっ! なんで殴る!? なんで俺を殴る! 魔王が言ったのになんで俺殴った!」

「殴りやすかったからよ! どうせ自分だって『まあ、実はそうなんだよな。昔からそうだった。俺も平均的な男子よりはそっち寄りで、古いネタなんかにも比較的対応可能だが、それは

この女の影響が強かった』とかって思ってたんでしょ？」

「エスパーかお前は!?」

それとも俺の考えってそんなに読みやすいのか？


――さて。

トモザキが『〝エスパーか〟ってことはやっぱり思ってたってことね』ともう二、三発俺を殴って閑話休題《かんわきゅうだい》。

「とにかく魔王、明日から学校行けよ」

「分かった。分かったである。ヨシツネは明日の朝、部屋に迎えに来るがよい」

「迎えに？　俺が？　なんで？」

「家賃が欲しいのであろ？　ならば朝、迎えに来るぐらいはせよ。大家の子といえば親も同然。親も同然であるならば『ババア、これ月刊ジャンプじゃねえか！　ジャンプつったら週刊に決まってんだろ！』と言われるも同然。このくらいはガマンせよ」

「よく分かんないが、お前はお母さんに謝っておけ」

「つまりは『そのくらいの世話は焼くべき』ということである」

俺は『はいはい分かったよ』と承知し、そのあとトモザキにまた不条理に殴《なぐ》られた。

第九話
「余のイメージでは、擬人化したF16は旧スクール水着姿なのだ。ほれ、胸元から入った水流が股間部《こかんぶ》の穴から抜けるところが、こう……」
「ごめん、全然イミ分かんない」

「……ふぁぁ～あ」

翌朝。時計は午前七時三〇分。

俺――高良多義経《たからだよしつね》は、魔王の部屋の前でついひとりごちる（↑我ながら、あまり日常では使わない言い回しだ。ラノベみたいだ）。

「やれやれ、どうして俺が魔王を迎えになんか……」

しかも、いつもより一〇分も早起きして。

『起きておるはずだが一応迎えに来るがよい』などと言ってはいたが……絶対嘘《うそ》だ。

あのだらしない女のことだ、どうせ寝てるに決まっていた。

俺の耳元で悪魔が囁《ささや》く——。

悪魔「起きてるときにあんなにだらしない格好ってことは…………寝てるときは？」

いけない、余計なこと考えた。そんなこと考えるべきじゃない。

しかし手のひらサイズの小さな悪魔は、なおも俺の耳元をパタパタと飛びながら、誘惑の言葉を投げかけるのだ！

悪魔「へっへっへっ、なあ想像してみろよ。あの金髪美少女の寝姿だぞ？　もっと薄着だったり、寝相が悪くて寝巻きが乱れていたり……それどころか、もしかして全裸で寝てるかもしれねえぞ？」

全裸!?　全裸だって？　まさか！

いや、しかし、あの魔王ならもしかして——。

悪魔「今だ！　戸をがらっと開けちまえ！　魔王のやつ、きっと全裸だ！　今なら口うるさいトモザキもいない！　なあ、やっちまおうぜヨシツネ！」

いやいやいやいやいや！

いくらなんでも、そんなわけには……。

天使「おやめなさい！」

あっ、今度は天使だ。

天使「いけませんヨシツネ。女性のハダカを覗《のぞ》くなど紳士のすることではありません」

さすがは天使、いいことを言う。

ただ、いいことを言ってはいたが、なんとなく『ハダカ』の部分が強調された気がする。

俺の頭の中で『魔王はハダカで寝ている』というのがすっかり前提になってしまった。

悪魔「へっへっへっ、け〜どよぉ……」

また悪魔。

悪魔「魔王《アイツ》が迎えに来いって言ったんだぞ？　もしハダカを見ちまっても、それは向こうの責任じゃねえのかい？」

おっ？　悪魔は悪魔で、ちょっといいこと言ってるな？

天使「おやめなさい！」

今度はまた天使の番。

天使「覗きはよくありません。……とはいえ魔王が自分で『起こしてくれ』と頼んだわけですよね？　向こうも頼んだ以上、そんなおかしな格好では寝てないでしょう」

あれっ？　天使さん？

天使「さ、早く起こしてあげなさい。ほら、戸をがらっと開けて」

悪魔「天使《コイツ》もそう言ってるぜ。開けちまえ、開けちまえ」

天使と悪魔、そろって戸を開けろと――!?

でも……そ、そうだよな。開けないと起こせないよな。迎えに来いと言われてたんだし。

まあ、天使に言われたんじゃ仕方ないか。うん。

天使「そうです、ヨシツネ」

悪魔「開けちまえ、ヨシツネ」

分かった。うん、そうしよう。

そおれっ。


——がらっ！

俺は勢い良く戸を開ける。すると——、

「おやヨシツネ、遅かったであるな」

「魔王……!!　起きてたのか！」

こいつ、起きてやがった！

い、いや、別に問題ないんだが……。偉いぞ、うん。早起きで立派だ。

しかも全裸でも寝巻きでもなく、いつものエンジ色のジャージとしまパンで。

「ヨシツネ、残念そうであるな?」

「いい
いいい

いいいいいいいいいいいいいいいいいいいいいやっ！　残念じゃない！」

「そうであったか。では汝《なんじ》ら、もう帰ってよいぞ」

天使「はっ、それでは殿下」

悪魔「これにて失礼をば」

「——っ!?　お前ら実在してたのかよ！　幻覚じゃなかったのか！　心の声的な！」

天使「人間、そんなに簡単に幻覚なんか見えません」

悪魔「つうかオマエ、マジでさっきみたいなコト考えてたらサイテーだぞ？」

「なんなんだよ、お前らはよ！」

「余の部下である。親衛隊のテンシエル大佐とアクマエル大佐。非実在青少年ならぬ実在天使と悪魔であるな。それっぽい姿をしてるだけのク・リトル・リトル魔族であるが。勤め先で余《あま》った品物をおすそ分けに来てくれたのだ」

天使「それでは、我ら仕事がありますゆえ」

悪魔「ルソン島に戻ります」

「うむ」

そう言って小さな天使と悪魔はパタパタと飛び去っていった。

ルソン島（フィリピン）とは、またずいぶん遠くから来ていたんだな。

というか、しまパン工場で働いてるってアイツらか！　もっと体の小ささや飛行能力を生かした仕事をすればいいのに。

「…………って、違う！　そうじゃない！」

「なんであるか？」

「さっきのヤツら何者なんだよ？　幻覚のフリして俺におかしなこと囁《ささや》いてったぞ？」

「もともと、それが仕事の魔族であるのだ。ヨシツネ、汝《なんじ》はなにを誘惑された？」

「い、いや……」

「くふふっ、どうせ愛らしい余の寝顔をコッソリ覗《のぞ》けとでも言われたのであろう？　分かっておるぞ。だからノックせずに戸を開けたのであろ？」

「お、おう。そんなところだ」

本当は違うが、そういうことにしておこう。

寝顔もどうかとは思うが真相よりはマシだろう。

「だが残念であったな！　午前七時半など、この余にかかっては深夜も同然。寝てるはずなどなかろうて」

いばるな！　不摂生なだけだろ！

「さてと、そろそろ支度をするとしよう。久しぶりの学校であるからなヨシツネにはいろいろ手伝ってもらわねばならん」

「いいけど……なにを手伝うんだよ？」

「決まっておろう。『風呂』である」

決まってないとは思うが…………って風呂ぉ!?

「汝、今、心の中でノリツッコミをしたであるな?」


——数分後。シャワー室。

この『ニューゴージャス高良多《たからだ》』は各部屋に風呂はついていない。ただ建物の片隅に、共用のコインシャワーがあり、住民たちはそこで体を洗う仕組みになっている。

そのコインシャワー室に今——魔王が仁王立ちになっていた。

スクール水着姿で!

「さ、洗うがよい。余は高貴な生まれであるから、自分で髪が洗えぬのだ」

「けど……」

「髪も洗わずに学校に行けというのであるか?」

確かに、こいつは髪くらい洗ったほうがいいと思う。

コタツで寝ているからだろう。髪の毛には食べ散らかしたミカンの皮だのお菓子の屑《くず》だのがくっついていた。

というかミカンは一昨日からくっついてるのか?　それともまたくっつき直したのか?

いずれにせよ、このまま学校に行かないほうがいいのは間違いない。

けど、だからといって——俺が一緒にシャワーに入って洗うだなんて！

「髪くらい毎日洗っておけばいいのに……」

「金がない。シャワーに使う金があればアニメかエロゲーか同人誌にでも使う。ほれ、いいからやるのだ」

「いいからって……なにもいいことなんかねえよ！」

水着姿の金髪美少女の髪をシャワーで洗ってやるなんて、倫理的に許されることじゃない気がする。

「遠慮するとは、らしくない。全裸で寝てることを期待してノックなしで戸を開けるヨシツネとは思えぬぞ」

「あっ！　なんだよ、さっきの聞こえてたのかよ！　知ってて、からかいやがったな！」

「くふふふっ、汝《なんじ》はからかいやすいであるからな。早くせよ。ちゃんと家からシャンプーと石《せっ》鹸《けん》は持って来たであるな？　それからバスタオルとドライヤーも」

「おう、まあな……」

「ならば、コインを入れよ」

最初は『髪なら昨日のうちに洗っておけばいいだろ、参謀長とかもいたんだし』と思っていたが——さてはコイツ、最初からシャワー代を俺に出させる気だったんだな？　だから『朝に迎えに来い』なんて言ってやがったのか。なんて図々しい奴だ。

俺にも、そのくらいは分かってたのだが――、

――ちゃりーん

つい、コインを入れてしまった。

これもすべて、俺の人の良さゆえのものである。い、い、いや、決して『美少女とシャワー』なんて誘惑に負けたからじゃないぞ。

「ほらよ……湯加減、これでいいか？」

「うむ、良いである」

俺が魔王の髪にお湯をかけると、魔王はぎゅうっと目をつぶっていた。

どうやら目を開けていられないらしい。

この様子を見るに『一人で髪を洗えない』というのも本当であったのだろう。シャンプーを泡立ててやると、彼女は一層ぎゅうっと目を閉じた。

天使「ああ今の様子、なんだか可愛《かわい》いですね。ちょっとドキッとなってるでしょう？」

悪魔「カワイイし、ちょっとエロいよな？　ヘンな気起こすんじゃねえぞ？」

「また、お前らか！　仕事行ったんじゃなかったのかよ！」

また天使《テンシエル》＆悪魔《アクマエル》。

一瞬、本当の幻覚かと思ってしまったじゃないか。

本物の心の声かと。

俺が魔王を可愛いと思って、それで今みたいな天使と悪魔の幻覚を見てしまったんじゃないか、と——。

(俺が『魔王を可愛い』と思うだと……？　い、いや——しかし、そんな……)

確かに、コイツは超絶美少女ではあるが……。

「ヨシツネ、いいから早く洗え。一〇〇円で一五分である。延長してはもったいない」

「そ、そうだな……」

俺は家から持ってきた安物のリンス・イン・シャンプーで髪を洗う。

魔王の黄金色の髪を。

髪の毛はさららと細く、そして手触り滑らかで『洗ってる俺のほうが一〇〇倍は気持ちいいのでは？』というほどの感触。

毛足の長い最高級絨毯《じゅうたん》に、手のひらを突っ込んでいるような——そんな、驚くほどの心地よさだった。

「まだ終わらぬか？」

「まだだ。オマエの髪、長いからな」

「そうであるか。余の髪を洗うのが楽しくて、それで時間をかけておるのかと思った」

「いや、そこまでは考えてなかった」

「くふふっ、正直であるな」

いけない。また余計なこと言った。

「髪が終わったら、頼みたいことがもう一つある。この水着——汝《なんじ》はスクール水着と思ってるであろ？」

「違うのかよ？」

「違う。これは『学校指定の競泳水着』である。名札がついてて紺色でワンピース型ではあるが、スクール水着とは微妙にデザインが異なっておるのだ。背中が大きく開いて、紐《ひも》がバッテンになってるであろう？」

「うん、開いてるな」

「背中、流すがよい」

「せ、背中を!?　そんな！」

「髪のついでである。やるがよい」

「しかし……」

「紐《ひも》の下も洗うのだぞ？　紐を摘《つま》んで、ずらすのだ」

「ず……ずらす!?　ずらしていいのか？　水着を？　この俺の手で!?」

「背中の紐の部分だけである。なにをそこまで緊張する?」

「あ、ああ……そうだよな、そんなにおかしいことじゃ——」

……ない、はずだ。たぶん。うん。


その先のことは、あまりよく憶えていない。

緊張感とシャワーの熱気で、意識が朦朧《もうろう》となっていたらしい。


——はっ!?

俺が、はっ、と我に返ったときには、既に魔王はシャワーから出て着替えを終えていた。

「い……一体、俺はなにを!?」

「む? なんだ、憶えておらぬのか? 目は死んでおるのにやたらテキパキ働くと思ったら、やはり緊張で意識が飛んでおったのだな」

俺の手には、ただ柔らかい感触だけが残っていた。

さらさらふわりな髪の毛と、背中のすべすべな肌の感触が。

「汝《なんじ》は洗髪はヘタであったが、背中を流すのはなかなか上手《うま》い。また頼むぞ」

「お、おう…………………………」

…………………………………………………………………………

…………………………………………………………………………

………………………………って、もうやらねえよ！」

「くふふっ、どうであるかな？」

悪魔「ガマンすんじゃねえよ。やらせてもらえって」

天使「ホントは『魔王《コイツ》ちょっとカワイイぞ』と思ってますよね？」

お前ら、いいから黙ってろ！

そりゃあ、ちょっとは思ったけどさ……。

※註：

今回のサブタイトルですが本当は、

「余のイメージでは、擬人化したF２戦闘機は旧スクール水着姿なのだ。ほれ、胸元から入った水流が股間部の穴から抜けるところが、こう……。そう思うとカラーリングも紺色でそれっぽい。まるで水泳の授業を受ける女子学生のようではないか」

「……でも日の丸。擬人化したらプールサイドで見学してる子」

の予定でしたが、下品すぎる気がしたので急遽変更いたしました。ご了承ください。

第一〇話

「これは余オリジナルの『あるあるネタ』であるのだが……どうしてオタクというのは剣道部に入るのであろうな？」

「ちょっと待って！　あたしは剣道部だけど、そんなことないと思うわ！」

「ほれ、ここにも一人」

俺の意識が飛んでるうちに魔王は——、

『シャワーから俺を追い出して、自分の髪と背中以外の体を洗う→タオルで体を拭き、髪を乾かす→部屋に戻って、制服と比較的キレイな（＝臭わない、という程度の意味）パンツを探し出し、一度クンクンと嗅《か》いでから着替える』

という作業を終えていたらしい。

さらに詳細に言うならば『一度クンクンと嗅ぐ→一旦、微妙な表情になる→が、悩んだ末にそれを穿《は》くことに決める』というプロセスも入っていたらしいが。

「あ、しまったであるな。せっかくなのだからヨシツネに着替えを手伝わせたり、山からキレイなパンツを探させたりするべきであったか。失敗である」

「うるさい、いいから学校行くぞ。もう支度終わったんだろ?」

「うむ」

魔王は壁に立てかけていた杖《つえ》を肩に担ぐと、玄関（共同）へ。

素足のまま汚いスニーカーを履《は》いてアパートを出る。

「いってきますなのである」

共同玄関で、誰が聞いているわけでもないのに『いってきます』と挨拶《あいさつ》をする。さすがは魔王で王族だ。ニートだが育ちの良さが窺《うかが》えた。

（ふうん、意外と上品なんだな……）

こういうところはお姫様っぽくて可愛《かわい》いと言えなくもない。

ともあれ、こうして俺たちは徒歩で学校へと向かう。


「そういや、その杖って重くないのか?」

「邪神の杖クグサククルスのことであるか?」

そう、その杖だ。

本人の背丈と同じくらいの長さがあり、蝙蝠《こうもり》の羽やタコの触手かなんかをイメージしたような飾りがついた、グネグネって感じの『悪そうなデザイン』の杖《つえ》。

その名も〝邪神の杖クグサククルス〟。

名前からして悪そうだった。

魔王は出かける際には、必ずこのデカい杖を持ち歩いていた。この不精者が、他人に持たせることもなく（今だってカバンは『重い』と俺に持たせてるクセに）常に自分で持ち歩く。

「うむ、この杖は重い。重力軽減処理が為《な》されているが、それでもデカいから運ぶのはメンドイである。しかし仕方ないのだ。魔王のシンボル的なものであるしな」

まあ、確かにそうだな。

戦争のときの宣戦布告の映像でも、これを持った姿で映っていたし。俺が姉につきあって魔城に乗り込んだときも、コイツはこの杖を手にしていた。

「それに、この杖こそは余の魔力の源。これがあるからこそ余は『魔王』なのである。この杖のエネルギーによって、余は核にも匹敵する究極破壊魔法が撃てるのだからな」

物騒な。

だが、コイツの言うとおりかもしれない。杖と究極破壊魔法の有無こそ、この女が、

『ただのニート』

なのか、それとも、

『（もと）魔王』

なのかを分ける境界線だったのだろう。

（もっとも、杖《つえ》があったところで『もと魔王のニート』ってだけのことなんだけどさ）

「む？　ヨシツネ、なにか言いたいことでも？」

「いいや別に」

「ふむ？　まあよい」

杖には、巨大な宝石が一つ。

それは、魔力のエネルギーの持つ輝き。

魔王の瞳《ひとみ》と同じく深い紅色《あかいろ》であり、そして——魔王の眼光と同じく、薄ぼんやりとした輝きだった。

淡く、弱々しい光だ。

（……曇ってるし、それに今にも消えそうだな？）

前は、もっと普通に光ってた気もする。

それこそウチの姉と戦っていたときなんかは、こう、ビカーッと。

まあ、核に匹敵する破壊魔法なんて使えないほうがいいに決まってるんだ。それを思えば、むしろこの光は消えてしまったほうがいいんだろう。

「ああ、しかし学校なんてイヤであるな。もし体育の時間に『よーし二人組作れー』なんて言われたら、果たしてどうすればよいのやら。人類どもめ、魔法を持たぬ文明でありながら、あれほど怖ろしい死の呪文を……」

「大袈裟《おおげさ》な」

「いいや、大袈裟などではない！　余の測定では、ジャージ姿の体育教師が一回『よーし二人組作れー』と言うだけで埼玉県の電力消費量丸一日分に匹敵するエネルギーが発生する。マイナスの方向にではあるがな。今後、この地上世界の人類はあの言葉を基礎にして魔法文明を築くべきであろう。目指せ、脱原発！　脱ダム！　……いや待てよ、体育教師に『二人組作れ』と言われ続けるくらいならば原子力のほうがマシであるのか？」

「どんだけ体育の時間怖がってんだよ！　あと、その話、絶対ウソだろ」

「仕方ないのである。余は2ちゃん用語でいうところの『コミュ障』なのだ。ああ、昼休みに一緒に弁当を食べてくれる人がいなかったらどうしようである……。一人で食べているのを見られたら恥ずかしいので、トイレで密かに食べるべきであろうか？」

「分かった、分かったから！　昼は一緒に食べてやるから！」

「弁当、少し分けるである。唐揚げと玉子焼きを寄越すがよい」

「お前、ホントはそっちが狙《ねら》いだろ？」

魔王に偉そうなことを言ってはいたが、本当は俺だって学校が大好きというわけじゃない。面倒だとは思っているし、行きたくない日もなくはない。

むしろ、よくある。

ただ、学校というものは『面倒でも行かないよりは行くほうがいい』んだろう。もう高校生であったし、そのくらいは分かっていた。

「とにかくさ、あんまり深く考えるなよ。学校なんてみんな行ってるところなんだから。つまんないと思ったら、自分で言ってたみたいに生徒会や部活に入ってもいいだろうし」

「部活であるか……。ならば剣道部にでも入るであるか」

「剣道？　お前、剣は得意なんだっけ？」

「いいや。だが知ってのとおり余はオタクであるからな。オタクというのは剣道部に入るものなのである」

「オタクだから剣道部に入る？　意味がよく分からないぞ？」

「余にも意味などは分からん。だが統計学上そういうものなのだ。成人男性のオタクにこの話をすると、おおよそ一〇人に三人ほどの比率で『いいや、俺は剣道部だったけどそんなことはないね』とイヤな顔をするものなのである。試しにツイッターかミクシーででも聞いてみよ」

「イヤな顔するのかよ？」

「うむ。『高校時代の自分はオタクでなく体育会系の爽《さわ》やかな青春を送っていた』と思っておったのに、それが『ありきたりなオタクの行動』であると分かってショックなのであろうな。

ま、余オリジナルの『あるあるネタ』である。軍事科学研究所でヒルデガルド博士（現在はコンビニ店員）が発見し、研究をしておった。軍事目的で」

「いろいろツッコミどころ多いな」
①どう軍事利用する気だったんだよ！
②お前のオリジナルじゃないだろ！　研究所で博士が見つけたんだから！
③博士どうして今そんな仕事してんだ！　いやコンビニ店員が駄目と言ってるのではなく！
もっとキャリアを生かした仕事すればいいのに！

俺は①〜③を順にツッコんでから話を続けた。

「一応言っておくが、トモザキも剣道部だぞ。アイツの前では、その『あるあるネタ』は禁止だからな」

「なるほど生徒会で剣道部とは、あやつ本物のオタクであるな。だが、それならば控えよう。余も殴《なぐ》られるのはイヤである」

そんな話をしているうちに、俺たちは学校へと着いた。

県立鴨ケ谷寺《かもがやでら》高等学校、東校舎二階。

二年C組の教室に。

「おっ、ちゃんと来たようね」

「〝女戦士〟であるか。おはようである」

魔王アーザ一四世――かの破壊と混沌《こんとん》の王が教室に入ってくると、生徒たちは一斉に視線を彼女へと向けた。

「おおお……なんという視線！　これは憎しみの瞳《ひとみ》であろうか。もと侵略者である余のことを皆、疎《うと》ましく思っておるのだな。ここはひとまず撤退すべきか……」

「帰るな！　強引な理由つけて帰ろうとするな！」

「憎しみの視線じゃないわよ。ただ久しぶりで珍しいから見てるだけだってば。イヤなら毎日来ればいいいじゃない」

実際そうだった。

別段、憎しみなんかはない。その意味でウチのクラスはすごいと思う。

魔王はこれまで一〇日ほどは学校に来ていたのだが（転入が四月で今は六月なわけだから、一〇日というのは少なすぎだろう）、そのときもだいたいこんな反応だった。

「――あっ、今日は魔王来てる。珍しい」

「――相変わらず美人だよな」

「――気づいてるか？　あの子、無防備だから、たまにパンツ見えてるぞ」

「――えっ、マジで⁉　どれどれ……」

「――男子、なんで魔王をジロジロ見てるの！」

と、戦争で戦った相手とは思えない対応で魔王のことを迎えていた。

やはり美少女ということもあって、それなりに人気者であったと言えるだろう。

本人は『体育の時間の二人一組』やら『お弁当を誰と食べよう』やらを気にしていたが、個人的にはそれほど心配する必要があるとは思えなかった。

ちなみに遠くから見てるだけでなく、積極的に関わろうとする連中も結構いる。

たとえば――急にゾロゾロ現れたコイツらみたいに。

「いたぞ！　魔王殿下《ターゲット》の登校を確認！　ただ今より接触する！」

「む、突然なんであるか？　というか汝《なんじ》ら何者だ？」

「失礼を……我々は『魔王ちゃんファンクラブ』の者です」

ファンクラブ？　そんなものいつの間にできたんだ？

「ちなみに私は会員ナンバー００２で副会長の園田山《そのたやま》です。ほらコレ会員証」

というか、クラスメイトで俺の友達の園田山だ。

写真部で新聞部なのは知ってたが、こんな妙な団体にも入ってたのか。

「ところで殿下、久しぶりの学校ですし写真一枚よろしいでしょうか？　ファンクラブの会報に載せるのです。撮りますよー、はいチーズ」

「うむ、ピースである。涙目でダブルピース。『こっちで楽しくやってるから心配しないで』のポーズである」

魔王《おまえ》もおかしなサービス精神を発揮するな。

幕間　その三（……と思わせて第一一話）

「ええと、余の席はどこであったか」
「そこだよ、俺とトモザキの間の席」
「ふむ……せっかく舞台を移したのに、かわりばえのせぬ面子《メンツ》であるな」

○背景：魔城ダークネスの大広間（去年の回想）

ナレーション「――半年前、魔城ダークネス」
魔王「ふむ……」
　魔王、ノートパソコンで2ちゃん（VIP板）。スレッドを立てている。
　スレ名『魔王だが、とうとう〝勇者〟が来たらしい』
『1（魔王）：ぽまいら知恵を貸せ。捗《はかど》るぞ』
『2：おっぱいうｐ』
『3：画像も貼らずにスレは立てないって約束したじゃないですかーッ！（ＡＡ略）』

『4：貼られるべき画像がスレにない　ただそれだけのことが麻呂にとって恐怖であり、同時に存在の証明でもあった（ＡＡ略）』
魔王「ロクな書き込みがないであるな……。しかし、これは予想されたこと。新スレ序盤に書き込まれるのは荒らしレスばかりと相場が決まっておるものなのだ」
『34：安価スレ？』
『39（魔王）：>>34　安価などはしないつもりです。本気でヤバイ状況なので……』
魔物Ａ「殿下、〝勇者〟がそこまで！　扉の外にまで来ております！」
魔王「分かっておる」
魔物Ｂ「将軍が扉を守っておりますが、このままでは……!!」
魔王「だーかーらー、分かっておる！　今こうして皆から知恵を……おお、これだ！」
『98（魔王）：>>71　ありがとうございます　試してみます』
『102（魔王）：かぎのおとが　しょうぐんがまけやがった　もうだめぽ』
（※→もうだめぽ　＝「もうだめっぽい」と書こうとして途中で送信してしまった。切羽詰っている雰囲気をさりげなく演出。本作オリジナルの表現）
勇者「ここにいたか、魔王アーザ！」
魔王「〝勇者〟であるか」

〝勇者（ヨシツネの姉、静《しずか》）〟鉄の扉を蹴《け》り壊して入ってくる。デザイン、美人だが目つきのキツい、いかにもな『乱暴な姉キャラ』。髪形はアーザとの対比のために黒髪ロングで。後ろからヨシツネたちついてくる。

魔王「よくぞここまで来たであるな、褒《ほ》めてやろう。だが汝《なんじ》に余を倒すことはできん」

勇者「？」

魔王「なぜなら、余を倒せば世界経済が破綻《はたん》するからである。汝ら人類の経済は我ら魔族との戦いを前提として成り立っておるのだ。魔王を退治すればバブルは弾《はじ》け、ＧＤＰは低下、失業率も上がるであろう。〝勇者〟よ、それでも余に剣を向けるのか？　それが分かったら……この我のものとなれ〝勇者〟よ！　と思ったが汝のような怖いのが近くにいるのはイヤなので、やはりどっか行くのだ〝勇者〟よ！」

勇者「…………」

勇者、無言のまま武器（ゴルフクラブ）で魔王を殴る。

ＳＥ《サウンドエフェクト》は『バキッ』（あまり痛々しさを出さないために）。

魔王「!?　ま、待て！〝勇者〟よ、人の話を聞いてたであるか？　経済のためには魔王を倒すべきでないのである。そう教えれば攻撃できぬだろうと2ちゃんでアドバイスを貰《もら》ったのである。詳しく説明するから聞くがよい。つまり――」

勇者「…………」

勇者、無言のままゴルフクラブで魔王を殴《なぐ》り続ける（何度も）。
ＳＥ《サウンドエフェクト》『バキッ』、何度も。
荷物持ち「ウチの姉ちゃんに長い話は通じないぞ？　体育会系でアタマ悪いから」
僧侶「モトモト他人《ヒト》ノ話ヲ聞カナイ人デスシー」
女戦士「アンタら、あとで殴られるわよ？」
（※荷物持ち＝ヨシツネ、女戦士＝トモザキ）
魔王「痛い！　痛い！　痛いである！　仕方あるまい……邪神の杖《つえ》クグサククルス！」
（※このシーンの杖、注意！　赤い宝石、現在と違いピカーと強く光っている）
魔物Ａ「で、殿下、おやめください！　城内で邪神の杖を使うなど！」
魔物Ｂ「城や我らまでもが巻き添えに！」
魔王「ええい、黙れ！」
魔王（モノローグ）「とはいえ、こやつ相手に魔力を使い切ることもあるまい。ここは一〇〇分の一ほどに魔力を絞って……」
魔王「喰《く》らうがよい、余の究極破壊魔法——死の閃光《せんこう》デス・クリムゾン（魔力消費量一％）！」
魔法発射。派手なビーム的な攻撃。画面、フラッシュ。

＊　　＊

「魔王……おい、魔王……」

「喰らうがよい、余の究極破壊魔法……」

「おい魔王ってば！　聞こえてんのか、当てられてるぞ！」

「ムニャムニャである……」

俺――高良多義経《たからだよしつね》が隣の席に目をやると、魔王は寝ていた。

机に突っ伏してグースカと。まだ一時限目の序盤であるのに。

しかも、ひどいイビキ！

ぐかーぐかー、と妙な音を教室に響き渡らせていた。

「起きろってば！　早く！」

「………む？」

俺が『ぺしっ』と頭をはたくと、やっと魔王は目を覚ます。

「痛いである………なんだ〝荷物持ち〟で〝あるか。タカラダ・シズカはどこに行った？」

「なに寝惚《ねぼ》けてやがる。その名前で呼ばれたの久しぶりだぞ」

〝荷物持ち〟＝俺。

〝勇者〟であり横暴な姉である静《しずか》に『お前も一緒に来い』『荷物が案外重くて運ぶのがメンド

い』と無理矢理、魔王退治に同行させられた。

　その後、俺たちはいろいろあって、

〝勇者（姉）〟

〝女戦士（トモザキ）〟

〝荷物持ち（俺）〟

〝僧侶（ベ〇ディクト一六世）〟

　という四人パーティーで魔城ダークネス（↑何度聞いても、この名前はちょっと面白い）へと乗り込み、ついに魔王アーザ一四世を倒し、魔族の軍団から地上世界を救うに至る。詳しくは当時の新聞などを参照してほしい。

　なんにしても半年前の話だ。

　もう何か月も〝荷物持ち〟なんてカッコ悪い呼び方をされたことはなかったのに。

「そうか、学校であったな。うむむ、いかん。昔の夢を見ておった」

「だろうな。それより先生に当てられてるぞ？　四二ページ目の和訳」

「うむ……分かりませんである！」

「ちょっとは考えろよ！　フリでもいいから問題答える努力をしろ！」

「難しいことを言うでない。余は努力がなによりも苦手なのである。この世で一番苦手なことは『努力』で、その次は『がんばる』なのである。『友情』『勝利』も苦手である」

「お前ホント、クズなんだな？」

「それではお休みなさいである。次に当てられたら、また起こすがよい」

「寝るな！」

「そうは言っても普段なら寝ている時間なのである。幸運に思え。汝《なんじ》らには余の愛らしい寝顔を眺める権利を与えよう」

それだけ言うと、魔王は再び机に突っ伏して寝てしまった。

またグースカとイビキを立てて。


本人の言う通り、魔王の寝顔は愛らしい。

もともと金髪の超絶美少女なのだから、寝顔も可愛《かわい》いに決まっている。天使の寝顔だ。休み時間になるとわざわざ他のクラスから写真を撮りに来る奴までいたほどだった（例の『魔王ちゃんファンクラブ』の連中だ）。

たいへん愛らしくはあったのだが、しかし——イビキがひどい。

それに歯軋《はぎし》りも。

すやすや眠っているときはいいが、ときたま急に苦悶《くもん》の表情を浮かべながらギリギリと歯から音を立てていた。

「むにゃむにゃ、買収である……。ヤツめ、しまパンの線を一本ずつ買い取りながら……」

寝言もひどい。一体どんな夢を見ているのやら。
次に魔王が目を覚ましたのは、もう一時限後の休み時間だ。

＊　　＊

○背景：魔城ダークネスの大広間（さっきの回想の続き）
〝勇者〟、魔王の魔法を防いだ直後。
魔王「おのれ、なかなかやるであるな！　余の魔法を喰《く》らって無事だとは！」
勇者「まあな」
魔王（モノローグ）「魔力の量には限界があるというのに……。仕方あるまい、もったいないが少しだけ魔力を多く使って――」
魔王「究極破壊魔法クリムゾン・ハード（魔力消費量三％）！」
魔法、発射（やはりビーム）。
勇者「ふンっ！（盾《たて》で防ぐ）」
魔王「バカな……三％でも人類のミサイル程度の威力はあるのだぞ！　普通の人間ならば『こんなやつに！　悔しい、でも……!!』と息絶えるはずなのに！（※某エロ同人誌のパロディ。呪文名も）」
僧侶「シズカサン、ヤハリ人間ジャアリマセーン」
勇者「ベ〇ディクト一六世！　聞こえてたぞ、あとでオマエお仕置きな」
僧侶「オオオオオ……（ガタガタ震える）」
魔王（モノローグ）「うむ……威力を抑えてるとはいえ、魔力の『基本消費ポイント』があるから、これでもバカにならぬというのに……」
魔王「ならば、今度は五％……いや！　ここは思いきって六％で！」
魔物Ａ「殿下！　どうせ使うなら、もっと思いきって！」
魔物Ｂ「その発想は『ナニワ金融道』だとドツボに嵌《は》まるパターンですぞ！」
魔物Ｃ「〝勇者〟相手なら三〇％は使うべきかと……」
魔王「ええい、黙れ！　七％である！」
魔法、発射。〝勇者〟は余裕の表情。

時間経過――。
（城内、魔王の撃った魔法でボロボロになっている）
魔王「バ、バカな……!?　あれほど節約していたのに、魔力が残り一回分しかない！　基本消費ポイントの計算を間違えたか……!?　こんなことなら最初から三〇％で撃っておけばよかったである――――っ！」
魔物Ａ「だから言ったのに……」
魔物Ｂ「大丈夫！　今、私が計算したところによると、残りの魔力を制御なしのフルパワーで撃てば核兵器並みの威力でございます！」
魔物Ｃ「ささ、殿下！　最後の一回、ブボボモワッと撃ってしまいましょう！（↑《暗黒地平》の言葉で『ドーンと』くらいのニュアンス）」
魔王「し、しかしであるな……」
勇者「――今だっ！　ヨシツネ、例の〝勇者の武器〟を！」
荷物持ち「お、おう！」
勇者「うおおおおおおおおおっ！」
〝勇者〟手渡された武器を振り下ろす（過剰に怖い演出で）。
勇者「クーゲルシュライバ――――ッ!!」
ＳＥ《サウンドエフェクト》、ズバッ！と攻撃の命中音。

*　　　*

「おわぁあ　あ゛ああああああああああああああああああああああああああっ!?」

——ガバッ。

スヤスヤと眠っていた魔王だったが二時限目の休み時間、いきなり奇声を上げて飛び起きた。

起きたら起きたでうるさい奴だ。

「やっと起きたか」

「〝荷物持ち《ヨシツネ》〟か。ふぅ……恐ろしい夢を見た」

「みたいだな。また昔の夢だろ？　寝言でウチの姉ちゃんにペコペコ謝ってた」

「うむ、最終決戦のときの夢である。すっかり余のトラウマとなっておる」

だろうな。あんなの俺にだってトラウマだ。

あのときは俺やトモザキも居合わせたが、ウチの姉《勇者》が魔法をかわしながらゴルフクラブで金髪美少女《魔王》をボコボコにする様子は……ハッキリ言って怖かった。それにドン引きだった。

直前までケンカしていた俺とトモザキが、抱き合いながらブルブル震えていたほどだ。

——と、俺たちがそんな話をしていると、そのトモザキが話に入ってくる。

「アーザ起きたわね。ほら、これ」

ドサドサっ、と魔王の机にプリントの束。

「む……なんであるか、これは？」

「罰《ばっ》の課題。バカねー英Ⅱと数学で寝るなんて。どっちも先生厳しいから、寝たら罰課題が出ることになってんの。来週までに提出だって」

「なん……だと……？　こんな午前中に授業をしておきながら寝てはいけないだと？　それでは我らはどうやって深夜アニメを観ればよいのだ！　深夜アニメを観れば午前中は寝ているのが普通であろうに」

いいや、その理屈はおかしい。録画して早寝すればいいだけだろう。

「今さらながら、余は去年の戦争で負けなければよかったと思っておるぞ。あの戦いで勝ってさえおれば、勉強なんぞしなくてもよかったというのに」

「ホントに今さらね。というより戦争しなければよかったのよ。《暗黒地平》だっけ？　あっちの世界から侵略に来なければ」

「そうは言うがな、向こうはネット環境がダメダメなのである。光回線はおろかＡＤＳＬさえロクに引かれておらぬのだ。未だにダイアルアップという始末。ＮＴＴ暗黒がマジメに仕事をしないから」

「ＮＴＴ暗黒⁉」

「うむ。テレホタイムになると回線は一層重くなり、エロ画像を一枚開くのに三〇秒以上かかるのである。『パンチラ画像』と書いてあったのでクリックしたら三〇秒後に表示されたのが『パンダがチラッとこっちを見てる画像』だったときの虚《むな》しさ、汝《なんじ》ら地上人類には分かるまい」

まあ、分かんないな。昔はみんなそうだったらしいが。

「しかも《暗黒地平》はアニメ不毛地帯でもあるのだ。テレビ局はＮＨＫ以外には二局しかなく、無論深夜アニメの放送もない。夕方の再放送枠もルパンとキテレツを果てしなく繰り返すのみ。かような地、他には静岡県中部くらいしか余は知らぬ」

静岡ってそうだったのか？　プラモデルの工場とかあるから、もっとオタクに優しい地域なのかと思ってた。

……………って、そうじゃない。ツッコミどころを間違えるところだった。

「ちょ、ちょっと！　なによ、それ!?」

「む？『なによ』とは？」

「《暗黒地平》って異世界でしょ？　なんで異世界なのにNTTがあってNHKがあってキテレツの再放送がやってるワケよ？　NHKよ？　日本放送協会よ？」

そうそう、それだ。そっちのほうだ。

さすがはトモザキ。俺の代わりに的確なツッコミを入れてくれた。ラクチンだ。

「どちらも営業だけは熱心な会社であるからな。特にNHKは近年、受信料の集まりが悪くて大変だと聞いておるし。まあ、まいんちゃんとか観れるのは嬉《うれ》しいが」

「でも、異世界なのよね？」

「もちろん異世界である。それが証拠にジャンプは毎週火曜日発売、アマゾンは離島扱いで送料割り増しとなる」

「ううん、それは『異世界の証拠』じゃないわ」

『《暗黒地平》は、その名の如《ごと》く暗黒の地……。そこに住まう我らク・リトル・リトル魔族が地上侵略を企《くわだ》てるのは極めて自然な成り行きであろう。秋葉原に池袋乙女ロード、ビッグサイト、都産貿——そんな華やかな地上世界を、我らの手中に収めようと！」

「そんな理由で侵略してたの!? 初めて知った！」

余談だが、都産貿（東京都立産業貿易センター）はよく同人誌即売会が開かれる公民館。

「もしかしてアーザ、アンタが戦争終わった後も地上世界《コッチ》に残ってるの、それが理由？ 魔族のほとんどはもとの世界に帰ったのに、アンタと一部の側近だけが地上に残ってるのって——」

「まあ、それについては本国での継承権問題などの都合もあるのだが、ゴニョゴニョゴニョ……しかし基本的にはそれが理由である。地上は深夜アニメも見放題であるしな」

「やっぱり！」

「さて——三時限目は保健体育の時間であるか。勉強は退屈であるが、これは唯一楽しみな授業である。エロいから」

第一二話
「高校生の男子なのだから、暑苦しい顔のボディビルダーを見て大爆笑しておればよい。一〇代の男子というものは、たいがいボディビルダーで笑うものであるのだからな」
「九〇年代か！」
「というワケで今回は珍商売ネタである」

そうそう、説明するの忘れてた。

魔王退治のときの〝僧侶（本名、べ〇ディクト一六世）〟だが、この人はウチの姉がどこから連れてきた、やたら人相の悪い外国人の爺《じい》さんだ。

姉ちゃん曰《いわ》く——、

『魔王退治だから〝僧侶〟は必要だろう。せっかくなんで一番偉いカンジの僧侶（洋風）に頼んでみた』

——だそうだ。

かなり乱暴な『頼み方』をしたらしく、その後も彼はやたらとウチの姉を怖がっていた。

何にしても、ややこしくなると嫌《いや》なので、あまりいろいろ説明しないことにする。ニュースで見た顔な気がするのは他人の空似と思ってほしい。


それはさておき三時限目の授業中だ。

「なんだ、つまらぬ……。保健体育だから女体の話をするかと思ったのに、サッカーのルールの授業だとは。ガッカリである」

「しっ、文句言うな。私語やめろ。相手は体育教師だ。揉《も》めると面倒だぞ」

「だがヨシツネも本当は女体の授業のほうが嬉《うれ》しかろ？　エロマンガでお馴染《なじ》みの断面図を眺めておるだけで勉強したことになるのだ。こんな楽しい授業はない」

「うるさいって言ってるだろ」

「ところで女体で思い出したのだが――『道産子《どさんこ》』という言葉はエロいであるな？　女性器を意味する『産道』という女体用語がさりげなく入っておる。しかもギョーカイ人ぶって逆さである」

「そんな意味の言葉じゃない。北海道の人に謝れ」

「ちょっとアンタら！　授業中にゴチャゴチャ喋《しゃべ》ってるんじゃないわよ」

いや、違うんだトモザキ。

魔王が話しかけてきているだけだ。俺はまったく悪くない。

「すまぬな〝女戦士〟、今『道産子という言葉には、エロ用語が逆さになって入っている』という話をしていたのだが…………そういえば汝《なんじ》の本名は『供崎宮子《ともざきみやこ》』であったな」

「そうだけど」

「『宮子』か…………ププッ」

「この――!!」

トモザキは授業中にもかかわらず、席から立ち上がって魔王を殴《なぐ》った。

が、魔王がとっさに避《よ》けたのでパンチは俺に当たった。いつものことだ。


結局、俺たちは体育教師にさんざん怒鳴られた。

そのうちに授業は終わる。

「ふう、やっと休み時間であるか。これヨシツネ、腹が減った。弁当を寄越すがよい」

「ガマンしろ、もう一時間したら昼休みだ。それより『弁当を寄越すがよい』ってなんだよ？分けてやるだけだからな。丸ごとなんかやらないぞ」

「ケチ臭い話であるな。ちっ、である」

なにが『ちっ』だ。人の弁当アテにしてんじゃない。

「だが、まあよい。昼食代くらいは自分で稼がねばと思っておったところだ」

「そうか、偉いぞ…………稼ぐ？」

「うむ。稼ぐ。商売をするのだ。学校で」

「商売⁉　まさかとは思うが、また例のツルペタケじゃないだろうな？　あんな有毒（かもしれない）キノコを学校で売る気か⁉」

いや、しかし――友人の園田山《そのたやま》たち『魔王ちゃんファンクラブ』の連中なら買うかもしれない。パンツに生えたキノコを食べて苦しんでいる光景は多少見たくもあった。もちろん個人的には、アイツらがキノコと知れば、バクバクと食うだろう。

命に別状はない範囲でだが。

「マジでアレを売る気か……？」

「はっはっは、ヨシツネはバカであるな。あんなもの学校で売っていいはずないのである」

バカって言うな。

だが、さすがにアレを売ってはいけないとは分かっていたんだな。そのくらいの常識はあるのか。

「アレは高級品であるのだ。高校生の小遣いで購入できると思うのか？」

「そんな理由かよ！」

つうか、高いのか。さすがブルセラ。

「余の商売はツルペタケだけではない。ネタはもっとたくさん仕込んでいるのだ。なるべくラクをしたまま儲《もう》けたいと思っておるのでな。クラスの男子ども、近《ちこ》う寄れ！」

魔王の呼び掛けで、男子たちは『なんだなんだ』と寄ってきた。

魔王アーザ一四世は、バカではあるが美少女だ。一六、七の男子というのは美少女に呼ばれたら自然と集まってくるものなのである。特に園田山やファンクラブの連中などは。

「さて、お立ち会いである。知ってのとおり余は地上支配を試みた身、人類のことはいろいろ調べた。当然、汝《なんじ》ら男子高校生のこともな。余は、オトコのことを知り尽くしておる」

無意味にお色気ゼリフみたいな言い方するな。

「本日は『汝ら男子高校生が一番喜ぶもの』を持ってきた。皆、購入するがよい」

俺たち男子高校生が一番喜ぶもの？

なんだ、それは？

（まさか……やっぱりエロ関係か!?）

学校でそんな――とは思ったが、この魔王ならやりかねない。

辺りを見渡せば、他の奴らも同じことを考えているらしい。興奮で息を荒くしていた。

（こんなに自信たっぷりで……。一体、なんだ？　またパンツ関係なのか？　それとも、もっと何か別の――）

「くふふっ、さすがは飢えた男子ども。余がなにを用意してきたのか、予想がついたようであるな。そうっ！　汝《なんじ》らの想像どおりのものである！」

男子たちは期待で『おおっ』と一斉に声を上げる（※他人事のように言っているが『男子たち』には俺自身も含まれる）。

「汝ら、サイフの用意はよいか？　それでは、しかと見よ！　商品ナンバー〇〇一――入ってまいれ！」


――がらっ！

戸を開けて、その『商品ナンバー〇〇一』とやらが教室に入ってくる。
それはなんと――。

「……


……魔王、これはなんだ？」

「男子の大好きなもの、即ち『暑苦しい顔のボディビルダー』である！」

「!?」

それは、筋肉がプラモデルのようにかっちり割れた、スキンヘッドで海パン一丁の大男。肌は日焼けし、その上オイルだかワセリンだかを塗りたくって全身がツヤツヤテカテカ。顔には

『いかにもボディビルダー』といったキモ爽《さわ》やかなスマイルを浮かべていた。

「汝らの想像したとおりのものであろ」

いいや、これは想像していなかった。

「ほれ、ポージング」

「フゥぅうンっ！　フロント・ダブルバイセップス！」

「どうであるか、皆の者?」

いや『どうであるか』と言われても困る。

俺だけでなく男子一同、困惑の表情だ。

「両腕の上腕二頭筋《バイセップス》を強調するお馴《な》染《じ》みのポージングである。詳しくは挿絵を参照してもらいたい。まあ、もし我らがライトノベルだと仮定するならば、だが」

（※編集註：魔王はこう言っていますが、貴重な挿絵をこんな図で消費はしません）

「ええと、魔王……聞いてもいいか?　どうして、暑苦しい顔のボディビルダーが『男子の喜ぶもの』だと思った?」

「魔族の諜《ちょう》報《ほう》局《きょく》と軍事科学研究所が調査した結果である。一九九〇年代から調査を続けた結果、『中高生の男子は暑苦しい顔のボディビルダーを見ると大ウケするものである』と分かったのだ。ほれ、ポージングその二」

「ふンぅっ！　サイド・トライセップス！」

ぞ?」

「横《サイド》から見た上腕三頭筋《トライセップス》を強調するポージングである。どうした、大爆笑してもよいのだ

「あ、いや……」

俺を含む男子一同は、ますます困惑するばかり。

いつぞやの剣道部理論といい、ロクな研究してないな。

「ちなみに目の前でビルダーがポージングをしているときにすべき掛け声は『ナイスポーズ!』あるいは『キレてる、キレてる!』である。『キレてる』は『筋肉の溝が深い』という意味の褒《ほ》め言葉であるな。ほれ、やってみよ」

「断る。いらない豆知識を植えつけようとするな」

これでも来年には受験の身だ。こんなムダ知識、一刻も早く忘れなければ。

「どうだ、素晴らしいであろう? かつての軍事科学研究所の所員たちを呼び集めて開発させたものである。現在、クローン技術を用いて大々的に量産中だ。

二〜三体ほど部屋に置いておけば、辛いこと、悲しいことがあったときも明るい気分になれるであろうし、それからカノジョが遊びにきたときのムードづくりにも最適である。受験も恋愛もこれで乗り切れ!(↑キャッチコピー)」

「それはない(↑ツッコミ)」

あと軽々しくクローン作るな。生命を冒瀆《ぼうとく》するな。

「そうそうヨシツネ、汝《なんじ》には特別にタダで進呈してやろう。なあに家賃の代わりだ、遠慮することはない。三か月分だから三体やろう」

「いらねえよ！　というか、こんなん家賃の代わりになるか！」

「なんだと……？　いらぬというのか？　だが食事もプロテインとササミだけ食べさせておけばよいのであるぞ？」

「いいや、それは『いらなくならない理由』にならない。とにかくいらない！　そもそも男子は暑苦しい顔のボディビルダー見ても大ウケしない！　なあ、みんな？」

男子一同、うんうんと頷《うなず》く。

ファンクラブの連中も同じだ。魔王のものなら洟《はな》をかんだティッシュでも欲しがりそうな勢いだったのに（むしろ洟をかんだティッシュだからこそか？）、さすがにボディビルダーは欲しくないらしい。よかった、まだ理性が残っていたんだな。

「そ、そんなバカなである……!!」

と、そこで園田山《そのたやま》が話に入ってくる。

「失礼――ファンクラブ会員ナンバー００２で副会長の園田山です。ほらコレ会員証」

知ってるよ！　いちいち会員証を提示するな。魔王に話しかけるときは会員証を見せる規則なのか？

「失礼ながら殿下、その調査結果には誤りが」

「そんなバカな!? 九〇年代から調査しておったのだぞ!」

本当にロクな調査してないな。

「殿下、それは九〇年代だからです。昔のマンガなどを読むと、よくボディビルダーをネタに使っておりますが……しかし、それがウケたのはバブルの残り香が漂ってる九〇年代まで。ゆとり世代の我々には通用しません。我々は生まれたときから不景気で将来に明るい展望が持てず、結果として美少女にしか興味がなくなった世代なのですから。ボディビルダーで笑うとか、そんなの三〇代の発想です」

「うむむ、そうであったのか……」

というかお前らも同い年だろうに。

あと園田山《そのたやま》の台詞《せりふ》、遠回りに『だからエロス的なものを売ってくれ』って言ってるようにも聞こえるな。バカじゃねえ。まあ賛成ではあるが。

エロ関係なら多少は嬉《うれ》しかったような気もするぞ。たとえば、またパンツとか——。

「ちょっと、ヨシツネ——」

「ん? なんだよトモザキ?」

「アンタ、またエロいこと考えてたでしょう? 軽く二、三発殴《なぐ》っていい?」

「ま、待て! 話せば分かる! 俺だけがエロいこと考えたわけじゃない! そもそもなんで俺がエロいこと考えるとお前が殴るんだよ!」

「殴っていいってアンタの姉さんから許可貰《もら》ってるからよ」

トモザキの『殴っていい？』という問いに、俺は『駄目』と答えたのに――結局、三、四発ほど殴られた。まことにもって理不尽極まりない。悲しいことだ。

「ヨシツネよ、殴られて悲しそうな顔をしておるな？　そんなときこそ、ほれ――」

「フンっ！　ポージングその三、アドミナブル・アンド・サイ！」

「腹筋《アドミナブル》と太腿《サイ》を過剰なほどに見せつける魅惑ポーズである。どうだ、気分が明るくなったろう？」

「いいや、そうでもないね！」

逆にイラッとしただけだ。

「それと〝女戦士〟よ、実は女子用の商品も用意してある。やはり研究所員に開発させた」

「ううん、いらない。悪い予感しかしないもの」

「いいから聞くがよい。汝《なんじ》も流行《はやり》ものは好きであろ？　そういうのに興味がある年頃であろ？　流行はオシャレなのである。もっとビンカンでないと流行に乗り遅れちゃうゾ☆」

なにが『ゾ☆』だ。

「べ、別にあたしは……。でも気が変わったから、ちょっとだけ話を聞いてもいいわ」

トモザキ、意外と物欲強いな？

「うむ、オシャレといえばフランス！　今回用意したのは以前フランスで大流行した――」

「うん」

「ペストである」

「い・ら・な・い！」

「だが、大流行であったのだぞ？　フランスのみならずヨーロッパ全土で。これほどの流行《はやり》もの他にはあるまい。オシャレさんならフランスで大流行したものは欲しかろう？」

「流行ってればいいってもんじゃない！　ていうか、いつの時代の流行よ！　中世!?」

「ファッション業界やミュージックシーンにも大きな影響を与えておる」

「伝染して死ぬからね！　ファッションデザイナーもミュージシャンも！」

そりゃ大きな影響与えるだろう。


「ううむ、売れなかったである……」

「当たり前だろ、あんなの」

実はペストのほうは売れそうになってた。

美人だが陰気な性格で『こんな世界滅びてしまえばいいのに』が口癖の呪田《のろいだ》さんに。クラスの皆が一丸となって、なんとか誤魔化《ごまか》すのに成功したが（これほどの団結、去年の球技大会以来だった）。

「あ、そうである！　実はこれ、アニメのけいおんで濡ちゃんが使ってたボディビルダーとペスト（いずれも左利き用）であるのだ。であるから買え」

「ウソつけ！　テキトー言うな！　あと、その付加価値は間違ってる！」

「やはりダメであるか……。うむむ、果たして在庫はどうするべきであろう。ペストはともかく、ボディビルダーは在庫の置き場所が大変なのだ。今は軍事科学研究所の所長であった博士（ヒルデガルド博士、現コンビニエンスストア店員）の家にナイショで詰め込んでおるのだが。あやつがバイトに行っておる隙《すき》に」

「可哀想なことすんな！」

バイト先から帰ったら、部屋が暑苦しい顔のボディビルダーだらけになってるのか？

海パン一丁のマッチョでギュウギュウに？

「仕方ない、在庫はあやつに下賜《かし》してやろう。未払いの給料の代わりである」

だから気の毒なことをするなってば。

そのうちに休み時間も終わり、先生がやってくる。

四時限目は現国の授業。

担任の山田《やまだ》先生の時間だった。

「おう魔王、ちゃんと授業に出てるな。感心、感心」

こんな喋《しゃべ》り方だが女の先生だ。二〇代後半の美人。マンガによくいる『いかにもな担任教師《テンプレ》キャラ』というタイプの人だった。

「おや、汝《なんじ》はオタクマンガにありがちなガラの悪い口調の女教師である山田先生（独身であることを密かに悩んでいる）。次は汝の授業であったか」

この先生については、魔王も俺と同じ感想だったようだ。

「ちゃんと授業に出てるのは仕方ないのである。出席しないと落第であるからな。我ら《暗黒地平》のク・リトル・リトル魔族にとっては、学校で落第するのはなによりも恥ずかしいことであるのだ。パンツ見せるよりも」

パンツ見せるのも恥ずかしがれよ、一応さ。

異世界だからってテキトーな倫理観しやがって。

「いやいや偉いぞ。ずっと学校に来ないんじゃないかと心配していたんだ。いいか魔王――」

そして先生、曰《いわ》く。

「いくら異世界人で特例扱いだからといっても、たまには登校しないとホントに落第するからな」

「――っ!?」

あっ、どうやら先生、今、余計なことを言ったらしい。

「『たまには』？　『ホントに落第』？　『異世界人で特例扱い』？　……今、汝『たまには登校しないと』と申したか？」

魔王の目が、キラーン、と光った。

さすがは魔族、演出でなくホントに光った。

第一三話
「国語の教科書であるが、タイトルをもっと今風に変えてはどうであろう？　たとえば――『羅生門で出会った謎《なぞ》の女の服を脱がしてムフフ☆な俺』とか」
「ラノベかよ!?　けど、ちょっとエッチな感じで悪くはないな」
「そこ、私語するな！　しかし個人的には高良多《ヨシツネ》が実物を読む日が楽しみだ。教養がないから裏切られる羽目になる」

→のサブタイトルは、現国の授業風景。
右から魔王、俺、担任の山田先生の台詞《せりふ》だ。短いながらもアカデミックなコントと言える。

そんな話をしているうちに授業は終わる。

今のは四時限目だったから昼休み。昼食の時間になった。

「ヨシツネ、弁当を寄越すがよい」

「だから『寄越すがよい』じゃねえよ！　分けてやるまではガマンするが、丸ごとなんかやらないからな！」

「分かった、それで妥協するとしよう。それと〝女戦士〟、どうせ持っているのであろ？　余計に作ってきた弁当を」

「はぁ？　なんで余計にお弁当持ってると思うのよ？」

「そこは、ほれ……ヨシツネに『あ、アンタのために作ってきたんじゃないんだから！　間違えて一個多く作っちゃって、もったいないからあげるんだから！』と余計に持ってきておるのではないか？」

「ねえわよ！　なんでよ！　なんでそんなことすると思うのよ！」

「そうか、持ってきておらんのか……。おかしいであるな、かつて我《わ》が魔城に乗り込むときは、そう言って弁当を朝五時起きで作っていたと諜報局《ちょうほうきょく》が――」

「――たあっ！　鼓膜《こまく》、破れろっ！」

今の『たあっ』は、両手で俺の耳をバーンとやったときの掛け声。

何を聞かせたくなかったのかは知らないが、できれば魔王の口を塞《ふさ》ぐ方向でお願いしたい。俺の耳を塞ぐんじゃなく。

幸いにも鼓膜は破れなかったものの、耳が一瞬キーンとなって話はよく聞こえなかった。

「失礼――ファンクラブ会員ナンバー００２で副会長の園田山《そのたやま》です。ほらコレ会員証。ところで我々『魔王ちゃんファンクラブ』一同も特製弁当を用意してきたのですが……」

「いらぬ。汝《なんじ》らは隙《すき》あらば唾液《だえき》を入れようとするので貰《もら》ったものを迂闊《うかつ》に食えぬのである」

「フフフ、唾液だけですむとお思いで……？」

「ええい、向こうに行け！　しっ、しっ！」

コイツはコイツで大変なんだな。

そんな話をしているうちに魔王は、俺の弁当箱を勝手に開けて、唐揚げと玉子焼きを鷲掴《わしづか》みにして頬張《ほおば》っていた。

「ふぉれわ、よひふねのてぶふりであお？」

「食い終わってから話せ」

「これはヨシツネの手作りであろ？」

「まあな」

ウチの母親は料理が極めてヘタなため、弁当くらいは自分で作ることにしていた。

「ハッ、いいことを思いついた！　失礼――ファンクラブ会員ナンバー002で副会長の園《その》田山《たやま》です。ほらコレ会員証。そうか、高良多《たからだ》の弁当に毎日唾液などを混入すれば……。早朝、密かにコイツの家に侵入して……」

「やめろ！　魔王が食わない日は俺が『唾液など』を食う羽目になるだろ！」

あと『など』って具体的にはなんだよ？　――いや、やっぱり言わなくていい。やっぱり聞きたくない。

と、そんな話をしている間にも魔王はパクパクと俺の弁当からおかずを強奪していた。

コイツ、少しは遠慮しろ。

「うむ、なかなか美味である。唐揚げも冷凍ではなく手作りであるし。が、しかし――」

しかし、なんだよ？

「しかし――料理をする男はキモいであるな」

「なんだと!?」

「いや、料理をすることそのものではなく『料理ができるとモテるのでは？』と思ってるフシがあって、それが極めてキモいであるのだ。業界用語で言うところのモイキーである。

ヨシツネは『世界を救った〝勇者〟の一行でありながら学校でモテてないのが悩み』となにかで聞いたが、そういうところが問題なのではなかろうか。のう、〝女戦士〟もそう思うであろ？」

「ん……まあね。それはわりとマジで思う。あとバカなところとか」

「そ、そんな……!?　結構ショックだ。料理ができるとモテるんじゃないのか!?」

「『※ただしイケメンに限る』なのだ」

「なんてこった……この世に神はいないのか！　けど――だったら魔王、俺の弁当食うな！」

「いいや食べ物には罪はない。せめて美少女である余が食べてこそ料理も救われるというものであろう。

よく憶えておくがよい。料理ができてもモテぬ者はモテぬ。『料理のできるモテない男』になるだけである。『ジーンズの女は淫乱《いんらん》』と同じくらいの都市伝説なのだ」

いいや信じないぞ。魔王は適当なことばかり言うからな。それにジーンズの女は淫乱に決まってるだろ論理的に考えて。

――と、俺がショックを受けている間にも魔王はヒョイヒョイと唐揚げを摘《つま》んでいく。

「あっ！　魔王《コイツ》とうとう全部食いやがった！」

まさかと思うが、コイツそれが狙《ねら》いで俺に精神的揺さぶりを？


「ふぅ、ごちそうさんまである。ヨシツネよ、お返しだ。んまい棒チョコ味をくれてやろう。これをオカズにしてご飯を食べるがよい」

「せめて明太子味とかにしろ！　チョコは無理だ！」

「チョコは他の味より小さいサイズの贅沢《ぜいたく》品なのだ。これを下賜《かし》するのは余の感謝の証なのである。菓子だけに下賜、なんちゃって」

「水〇ヒロ並みのダジャレだな」

「NMAIBOUである。さて、と――」

魔王はポケットからハンカチを取り出し口元を拭《ふ》く。さすが『王』だけあって、こういう仕草だけはちょっと上品ぽい。基本的には下品なくせに。

そして口を拭《ぬぐ》い終わると、またショッキング発言——。

「さてと、昼食が終わったので帰るとしよう」

帰る？　帰るだって？

「おい、まだ放課後じゃないぞ。午後にもう二時間授業がある」

「知っておる。だが山田《やまだ》先生も言っていたであろ。『いくら異世界人で特例扱いだからといっても』『たまには登校しないと』『ホントに落第するからな』と」

「？　それと帰るのと、どう関係あるんだよ？」

「分からぬのか？　つまり——『余は異世界人だから特例で、たまに登校するだけで落第しないで済む』ということだったのだ！　ババーン！　な、なんだってーっ！（ＡＡ略）」

「いや、そういう解釈をするな」

「論理的に間違ってはおるまい？」

「論理的なことは分からないが人間として間違ってるぞ」

「ともかくも、余は帰る。本当はこの事実を知った瞬間に帰ろうかとも思ったのだが、山田先生は少しだけ〝勇者〟ことタカラダ・シズカに似てて怖いから授業が終わるまで遠慮したのである。弁当も食べたかったし。

それでは、さようならである。皆の者、達者で過ごすがよい」

「あっ、おいっ！　待てってば！」

第一四話

「不思議なものであるな。かつて『素直になれない系ヒロイン』というのは不人気の代名詞であったというのに。ツンデレという言葉ができてからは人気急上昇なのである」

「……やはりキャッチフレーズが大事ということ」

「どうでもいいが今回の章ずいぶん短いぞ？」

さて、学校。

「なあ、トモザキ——ファンクラブ会員ナンバー００２で副会長の園田山《そのたやま》なんだが、ちょっと思ったことが……」

「いちいち名乗らなくていいわよ！　知ってるわよ！　なにそれ、クセなの？」

「ああクセだ。ほらコレ会員証。それより、さっきの話なんだが」

「？　どの話よ？」

「ヨシツネがモテない理由の話だ。あれってバカなのも理由の一つだが……」

言いたかないが園田山《そのたやま》にバカとは言われたくないな。お前こそ一見イケメン顔なのにバカなせいでモテてなくて有名じゃないか。クラスの女子たちから『バカトップ2』と言われてる仲だろう。

「それ以上にトモザキ《オマエ》のせいでもあると思うんだ。みんな、オマエがどう思ってるかを知ってるから遠慮してヨシツネと仲良くしないように――」

「――たあっ！　鼓膜《こまく》破れろ！　声帯もっ！」

さすがは〝女戦士〟。

目にもとまらぬスピードで俺の耳と園田山の喉《のど》を同時に攻撃し、さらにはその勢いで――、

「記憶、消えろおおおおおおおっ！」

と、俺の頭頂部にチョップ！

脳に喰《く》いこむほどにチョップ！

――キーンコーンカーンコーン

「……あれっ、もう放課後か？」

ハッと目が覚めると、放課後だった。

さっきまで昼休みだった気がするのに。

「あ、ヨシツネ、やっと起きたわね」

「トモザキ……。俺、何か理不尽なバイオレンス行為を受けたような……」

「き、気のせいよ、気のせい！」

「そうか気のせいか。それならいいが……。じゃあ俺、先に帰る」

「もう？　ずいぶん急いで帰るのね？」

「まあな」

もし園田山やファンクラブに聞かれたらマズいので声を潜《ひそ》めて、そっと伝える——。

「アパート行って魔王の様子を見てくる。ちょっとアイツのことが気になるんだ」

「ふうん、そう……」

「オマエも来るか？」

「ふんっ、だ！　行かない！」

なんだよ、なんで不機嫌なんだよ？　昨日は無理矢理ついてきたクセに。

幕間 その三
「特技は銀河暗黒剣とありますが？」「はい、銀河暗黒剣です」

○背景：ハローワーク内（昼）

ハロワ職員と話すウィトゲンシュタイン将軍（紺のリクルートスーツ、腰には剣）。

職員「特技は銀河暗黒剣胡蝶《こちょう》乱舞とありますが？」
将軍「はい。銀河暗黒剣胡蝶乱舞です」
職員「銀河暗黒剣胡蝶乱舞とはなんのことですか？」
将軍「必殺技です」
職員「え、必殺技？」
将軍「はい、必殺技です。シャドー太陽の暗黒エネルギーを利用して敵全体に絶大なダメージを与える必殺剣です」

職員「……で、その銀河暗黒剣胡蝶乱舞は、こちらの会社で働く上でどのようなメリットがあるとお考えですか？」

将軍「…………」

○背景：ハローワークの外（昼）

求職の行列ができている中、将軍トボトボと歩いて出てくる。

将軍「やはり不景気か……」

天気やたら暑い。真夏並み。

将軍、ジュースの自販機を見てゴクリと喉《のど》を鳴らす（※将軍はコーラが好物）。

だが財布（ガマ口）を開けると、中には小銭が七八円だけチャリチャリと。

黙ってパタンと財布閉じる。

将軍「……ふう（ますますガックリ肩を落とす）」

――と、そのとき、前の道を魔王が通りかかる（んまい棒をモゴモゴ食べながら）。

将軍「――殿下？　もう学校は放課後で？」

魔王「げっ、またややこしいヤツに……」

将軍「？」

（※このあと場面転換＋時間経過）

○背景：アパート外観（昼）

将軍「なんですとぉっ！（机をバンっ、と叩《たた》く音）」

○背景：魔王のアパート（昼）

いつもの散らかった魔王の部屋。魔王と将軍、コタツで会話。
時計、三時四五分過ぎ（ハロワのシーンから、やや時間が経過している）。

将軍「学校をサボってる!?　しかも『いつも』!?」

魔王「大きな声を出すでない。落第せぬと分かったのだ。毎日行くバカがどこにおる」

将軍「そんな問題ではありませぬ！　我ら軍団一同は、殿下に立派な大人になっていただこうと――!!」

ここで急に将軍の携帯電話が鳴る。ヒルデガルド博士から。

将軍「どうした！（↑忙しいときにかけてくるな、というニュアンスで）」

博士（電話）「助けて将軍！　部屋が！　部屋が！　私の部屋が――!!」

○背景：博士のアパート（昼）

（魔王とは別のアパート、常識的な部屋）

部屋の真ん中で博士、電話に向かって叫んでる。周囲『何か』でギュウギュウ。

博士「バイトから帰ったら、大勢のマッチョダンディーでギュウギュウに！」

カメラ引くと、部屋はボディビルダーでギチギチに。その真ん中に博士（ビルダーで潰《つぶ》れそう）。

ビルダーたち、全員カメラ目線でスマイル。白い歯が一斉にキラッ☆

○背景：魔王のアパート（昼）
博士（電話）「た――すけて―――っ！」
将軍「おいっ、どうした博士！　おいっ！　…………（魔王を睨《にら》む）殿下、なにかなされましたな？」
魔王「いいや、別にぃ（目線、将軍から逸《そ》らす）」
（→このやりとり中も博士『オイルが！　オイルがヌルヌルする！』と悲鳴）

第一五話

「これぞ新商売、対ゾンビ用アルミホイルである！　こう、クシャクシャにして体中に巻いておくであろ？　すると噛《か》んだゾンビがビリッと――」

「バーカ」

「吸血鬼にも有効である。こうやって首に巻いておけばよい」


放課後、午後の四時前。

俺が『ニューゴージャス高良多《たからだ》』二〇三号室の前に立つと――。

「殿下、話は終わっていませんぞ！　博士を助けたら、また戻ってきますからな！」

巨乳のウィトゲンシュタイン将軍が、部屋から怒鳴りながら飛び出してきた。

「ふん、うるさいヤツめ。行くならさっさと行くがよい」

早足で去っていく将軍（今日は全裸じゃない）の背中に、ニート魔王は捨て台詞《ぜりふ》。

なんだか、ややこしいときに来てしまったらしい。

「なんだ魔王、将軍とケンカでもしたのか？」

「おや、ヨシツネか。なあに大したことではない。学校サボってたのがバレただけである」

「いや、けっこう大したことなんじゃないのか、それ？」

魔王は将軍とケンカして、ほんのちょっとだけショボンとなっているように見えた。俺の気のせいかもしれないが。

「ふ、ふーん、なのである！　なにも問題ないのである！　……で、汝《なんじ》はなんの用だ？　また家賃であるか？」

「それもあるが……気になって来たんだよ。急に学校から帰っちまうからさ。ああいうの良くないと思うぞ」

「む……汝まで将軍のようなことを言うのであるな。行かなくても落第せぬと分かった以上、無理に行く必要がどこにある」

そういう問題じゃないだろう。俺だって学校が好きでたまらないというワケじゃないが、そのくらいのことは分かる。

「だいたい、学校なんぞ本当は行かなくてもよいのである。あんなところ情弱どもの行くところなのだ。オワコンである。バカの通う場所である。教師も歪《ゆが》んだ政治思想の持ち主かロリコンばかりなのである」

「そうなのか？」

「そうなのである。2ちゃんを見ておれば常識である。世の中の大切なことはすべてインターネットで学べるのだ。それに今時ニートなど普通であるのだぞ？　2ちゃんでもふたばでもその他オンラインゲームでも、平日の昼間だろうが深夜だろうが大勢の人であふれておる」

「それはそうかもしれないけどさ。でもなにもしないワケにはいかないだろ？　学校に行かないと仕送りもらえないし、そしたら働かないと金がなくなる。インターネットも使えなくなるじゃないか」

「うむ……そこが難しいところなのだ。あーあ、地上征服に成功しておればなぁ」

「勝手なこと言うな」

「ツルペタケもボディービルダーも売れなかったし、働かずにボロ儲《もう》けするのはなかなか難しいものであるな」

「そんな方法ねえよ！　働いて普通に稼げよ」

「いいや、どこかにあるはずである。余は決して諦《あきら》めない。夢は諦めなければ必ず叶《かな》うと、声優さんの歌でよく言っているのである」

「立派なことみたいに言うな。ただラクしたいだけのクセに」

声優さんだってそんなつもりで歌ってるワケじゃないと思うぞ。

「あっ、そうである！　今、いい商売を思いついたぞ。一〇〇円ショップでアルミホイルを買ってきてだな、通信販売で売るのである。対ゾンビ用アルミホイルとして」

「対ゾンビ用アルミホイル？」

「うむ。こう、クシャクシャにして体中に巻いておくであろ？　すると噛《か》んだゾンビがビリビリツーンとなるという寸法なのだ。昨今、なにげにゾンビブームであるからな、結構な売り上げが見込めるであろう」

「バーカ」

「むっ、バーカとはなんであるか」

「バカだからバカなんだよ。ゾンビなんて実在しないだろ。いや魔王が実在するからゾンビもいるかもしれないが、だからといって、そんなの効き目あるとは思えないし、だいたい自分で一〇〇円ショップ行ってアルミホイル買えばいいだけじゃないか」

「なるほど……ヨシツネ、意外と賢いであるな」

「って、どんだけ俺のことバカだと思ってたんだよ！　つうかお前がバカだよ！　バカバカバーカ！」

「う、うむ、しかしであるな……ゾンビだけでなく吸血鬼にも通用するのだぞ？　首にこうやって巻いておけば――」

「同じだ、同じ！　だいたいアルミホイル噛んでビリッとなるのは銀歯と反応して電気が発生するからだ。銀歯の吸血鬼ってなんだよ？　吸血鬼は銀ニガテってことになってるんだよ」

「ぐぬぬ……。しかし、けいおんの濡ちゃんが巻いてたホイル（左利き用）なら……」

「お前、そのネタ好きだな？　気に入ってんのか」

「やはり無理であるか。困ったである……」

と、そう言いながら魔王は、チラッと壁に立てかけてあった杖《つえ》に視線を向ける――。

「ふぅ……いっそのこと、どこぞの軍隊かテロ組織が余を雇ってくれぬものだろうか？」

「テロ組織!?」

「残り一回とはいえ、核兵器級の魔法が使えるのであるぞ。大金を積んででも余を雇いたがる者はおるのではなかろうか」

「やめろ、シャレにならないぞ！　世の中のためにならない。それやったら姉ちゃんにチクるよう言われてるんだからな」

「やめぬか！　冗談！　冗談である！　そんなことはせぬ！　だからタカラダ・シズカには伝えるな！　……とはいえ、しかしだ。魔力を――せっかくの〝特技〟を生かせぬのは少々もったいなくも思うのだ」

「まあ、特技といえば特技なんだろうが……」

コイツ、本当に冗談なんだろうな。

まさか、ちょっとは本気で思ってたりとか？

「とにかく、だ。ラクして儲《もう》ける方法なんてないと思うぞ？　お前はああ言ってたけど、たぶんマジメに学校行って、いい大学入って、いい会社に入るのが一番効率良く儲かる方法なんじゃないかな。だからこそ、みんなイヤイヤながらも勉強してるんだ」

「うむ……」

……しまった、ちょっと話を深刻にしすぎたかもしれない。

ニュースのニート特集でも言っていた。「あまり『学校行け』『働け』と急《せ》かしすぎてはいけない」って。たしかに今みたいな説教じみた言い方じゃコイツも頑《かたく》なになるだけだろう。

とは言っても、他にどう言ったものか。

「魔王……やっぱり学校に行く気はないのかよ？」

「しつこいである」

そんなときだ。

――ぽすっ

俺の後頭部に、なにか軽いものがぶつかった。真後ろから。

部屋の入り口の戸の、僅《わず》かに開いていた隙間《すきま》から。部屋の外の廊下から。

投げつけられたのは丸めた紙切れで、俺の注意を引くために投げつけられたものらしい。

見れば、そこには――。

（……参謀長？）

参謀長——無表情系天才幼女のラプラス参謀長がいた。

入り口の戸の隙間《すきま》から顔を半分だけ出して、ちょいちょい、と俺に手招きしながら。

それは『魔王に気付かれないよう、ちょっと来い』を意味する動作だ。


さて、廊下。

「……こっち、来る。殿下のことで話がある」

「お、おう……」

参謀長は俺の手を摑《つか》むと、そのまま玄関（共用）へと引っ張っていった。

どうでもいいが参謀長、裸にバスタオル一丁という格好だ。どうやら、まだ張り紙の『ここではきものをぬぐ』の意味を理解していないらしい。この子ホントに頭いいのか？

「……靴を履《は》く。一緒に来てほしい」

「分かった、お前も早く服を着ろ」

俺が後ろを向くと、背後から着替えをする衣擦《きぬず》れの音が聞こえてきた。もし振り返ったらアグネスさん大激怒な光景があるんだろう。

「で、どこに行くって？」

「……そこのファミリーレストラン。殿下の今後について重要な会議をする」

第一・六話
「ドリンクバー——コーラ飲み放題の機械とは……。地上人類の技術は凄《すさ》まじい。この機械でコーラを生産しているのだな」
「この人、発想が可愛《かわい》いな」

俺はラプラス参謀長に手を引かれて、近所にあるファミレスへ。

幼女とはいえ（そして俺がロリコンではないとはいえ）女の子と手をつないで歩くというのは悪い気はしないものだ。妹ができたような気分になる。

そして店内。

「……そこの奥の席」

参謀長の指差した先には——。

「おお、二人ともよく来た！　まあ座れ」

「すいませーん、こっちビールおかわりー」

そこには、さっき魔王の部屋から出ていったウィトゲンシュタイン将軍と、近所のコンビニの店員でもあるヒルデガルド博士がいた。

二人の前には、この店で一番高いメニューであるところのアメリカンビーフステーキ（税込み九八〇円）が。

しかも何皿も。

博士に至っては夕方前なのにビールまで飲んでいた。お金がなさそうなこの二人にしては、ずいぶん贅沢《ぜいたく》なメニューと言えるだろう。

あと、二人とも食べ方が汚い。よっぽどお腹《なか》が空いてたのだろうか。

将軍なんか巨乳で美人なのに、がふがふと口いっぱいにステーキを頬張《ほおば》ってはドリンクバーのコーラで流しこんでる。巨乳で美人なのにもったいない。巨乳なのに。

「……〝勇者〟の弟も好きなものを頼む。遠慮は無用」

「ずいぶん気前がいいんだな？」

「……臨時収入があった」

臨時収入？

「……博士の家に、暑苦しい顔のボディビルダーがギュウギュウになっていたので始末をした」

ああ、例の。

魔王の奴、在庫を博士の家に置いてたらしいが…………じゃあ、あれを始末すると金になるってことなのか？

一体どうやって？　粗大ゴミだって捨てるのが有料なこのご時勢に？

「どうやったんだ？」

俺が訊《たず》ねると、参謀長曰《いわ》く。

「……下北沢のオシャレな雑貨店に引き取ってもらった」

下北沢の雑貨店⁉

どうして、そんなところがボディビルダーを？

「……一般的感性を持つ男子が『ちょっとスベってるんじゃ？』と感じるものは、だいたいオシャレっぽい雑貨店で取り扱っている。しかも、人気商品として。なかなかいい値段で引き取ってもらえた」

「そういうものなのか？」

「……そういうもの。いわゆるサブカル系。きっと赤フレーム眼鏡《めがね》をかけたサブカル趣味の女が買っていく」

ああ、なるほど。

確かに下北沢の雑貨店にいそうな赤フレーム眼鏡のサブカル女なら、暑苦しい顔をしたスキンヘッドでオイルテカテカのボディビルダーを大喜びで買っていきそうな気がする。

「そうか、そんな手があったのか……」

「……下北沢にはあの手の赤いプラスティックフレームの眼鏡《めがね》をかけた女がたくさんいたが――あれは、たぶん逆『ゼイリブ』。あの眼鏡をかけると、一般的にはちょっとスベってる気がするものが『個性的でオシャレなサブカル系雑貨』に見えるらしい。けっ」

「けっ、って……参謀長、サブカル系嫌いだったのかよ」

「……そんなことはない。『ちっ、このオシャレ気取りが』とか『スカしやがって』とか『下北沢って町全体がなんかムカつくんだよ。地上世界に攻め込んだとき、念入りに破壊しとけばよかった』なんて、これっぽっちも思っていない」

「そ、そうか」

「……閑話休題《かんわきゅうだい》。ともかく、それでボディビルダーが売れて結構なお金になったので、みんなでごちそうを食べているところ」

そんな説明をしている間に、将軍（巨乳）は目の前のステーキを平らげ、残りのコーラも一気に飲み干すと『ぷはーっ』と大きく息を吐く。巨乳美人なのに戦国武将を思わせる豪快な仕草だ。巨乳美人なのに。巨乳なのに。

「ふうっ、こんな美味《うま》いものを食べるのは何年ぶりだろうか」

何年ぶり？　軍団にいた頃から、あんまり裕福な生活してなかったのか？

「しかもドリンクバー――コーラ飲み放題の機械とは。地上人類の技術力は凄《すさ》まじい。この機械でコーラを生産しているのだな。この機械が《暗黒地平》にもあれば……」

いや、これはただの容器だ。というかこの人、発想が可愛《かわい》いな。子供かよ。巨乳美人なのに。巨乳なのに。

「しかし……我らだけで、こんなごちそうを食べていてよいのだろうか？　殿下も誘うべきではなかったろうか」

将軍、さすがは側近。魔王思いだ。巨乳だし。

だが将軍の言葉に、博士がビールを飲みつつ反論をする。

「いいんですよ、殿下なんて。んまい棒（※成長期の魔族には栄養満点）でも食べてればいいんです」

博士、はっきり言う人だな。

「残ったお金も、殿下には一円だってあげませんからね。在庫を押し付けられたんだから、売り上げだって私のものです」

博士の手には、

『やる　アーザ一四世』

とだけ書かれたメモ用紙が。

どうやら博士は怒っているらしい。タヌキに似た尻尾《しっぽ》をポヨンポヨンと激しく振り乱しながら声を荒らげていた。

まあ怒って当然だとは思うが。尻尾が椅子《いす》に当たるたびにポフンポフンと可愛らしい音が鳴るのでカワイイが。

「まったく殿下ときたら……。もしサブカル系雑貨店がなかったら、私の部屋は今でも暑苦しい顔のボディビルダーたちでギュウギュウだったんですからね。赤フレーム眼鏡《めがね》に感謝です」

博士はそんな調子でプンスカとなっていたが（と同時にポフンポフンと鳴っていたが）、それを見てさすがに将軍が苦言を呈《てい》す。

「だが博士よ、お前の気持ちも分かるが、殿下は我《われ》らの主《あるじ》なのだぞ、雑貨店から貰《もら》った金は、今月の仕送り分だけでも殿下にお渡しするべきでは？」

「お断りします。といいますかね、将軍が甘やかすのがいけないと思うのです」

「私が？　殿下を甘やかしているだと？」

「そうですよ」

そうかもしれない。

魔王は『口うるさい』と疎《うと》ましがっているようだが、客観的に見ればダダ甘だろう。あんな学校にも行ってないニートに、ノーチェックで仕送りをしているんだから。

「……みんな、聞く」

と、ここで参謀長。

「……本日の議題は、まさにそれ。我々は殿下を甘やかしていたかもしれない。このままでは殿下はダメになる」

おっ、急に真面目《まじめ》な会議が始まった。

参謀長、いつも魔王と一緒になって遊んでるくせに、ちゃんとしたことも考えていたんだな。

「……こないだまでは『DVDやマンガをたくさん買ってるから、身内にニートがいると助かる』と思っていた。でも最近は微妙に嗜好《しこう》が合わない。そろそろ用済み」

「そんな理由かよ！　冷たいな！」

「……近頃の殿下の趣味は美少女ものに偏《かたよ》りすぎている。殿下がもっと『戦国武将たちが男同士でイチャイチャするマンガ』を集めていれば、ニートのままでもよかったのに」

お前の趣味も大概だな。小学生のクセに。

「……だから殿下を更生させる」

うん、まあ、それ自体は俺も賛成だ。

「……みんなも考える。どうしたら殿下がニートじゃなくなるか。どうしたら『普通の人間のように』学校に行ったり仕事をしたりするようになるかを。積極的にアイデアを出す」


「……考える」

「どうなんでしょうねぇ……」

「うむむむ……」

→の台詞《せりふ》、右から順に参謀長、博士、将軍。
俺たちは、うーん、と頭を捻《ひね》るが、なかなかアイデアは出なかった。

さすがは社会問題。そう簡単に解決策を思いつけるものじゃあなかった。

「……早く、誰かアイデアを出す」

「しかし、難しいですよ。殿下を『普通の人間のように』といっても、そもそも『普通の人間』じゃないんですから。人間じゃなく魔王ですので。それに、ほら——強大な魔力の持ち主ですし」

「そうだな。まだ魔力が残っているから……」
→の台詞、やはり右から順に参謀長、博士、将軍。
そうなんだよな。そこが難しい。

魔王《アイツ》本人も言っていた。

『それに、この杖《つえ》こそは余の魔力の源。これがあるからこそ余は〝魔王〟なのである。この杖のエネルギーによって、余は核にも匹敵する究極破壊魔法が撃てる』

『魔力を——せっかくの〝特技〟を生かせぬのは少々もったいなくも思うのだ』

もしかすると、仕方のないことなのかもしれない。あれほどの力を持っているんだ。

自分が『特別な存在』であると知っていながら『普通』に日々を過ごすのは、最初から『普通』として過ごすよりも何倍もの苦労がいるに違いない。

「せめて、魔法を使い切っちまえば……」

つい、俺の口からポツリと漏れた。

最後の一回を使い切ってしまえば、もう『特別』ではなくなる。

それなら、アイツも諦《あきら》めて『普通』に過ごすことができるかもしれない。

もちろん残酷なことではあるんだろうが——。

「……それ、いいアイデア」

「ですね……」

「うむ……」
→の台詞《せりふ》、今度も右から順に参謀長、博士、将軍。
三人とも、ひどく感心した目で俺を見ていた。

第一七話
「魔王が全力を出したらどうなるの、っと」
「……全力で撃った究極破壊魔法の威力は、光の速さでうんこをしたときのそれに匹敵する。殿下のうんこで地球がヤバイ」

「……どう思う？」

「なるほど。悪いアイデアではありませんよ。なまじ一回分魔法が残っているから、勉強もせず、働きもせず、職業訓練もしないという状態（※英語で言うと『N．E．E．T．』）になっているのです。その一回を使い切らせてしまえば――」

「うむ、殿下も普通に暮らすお覚悟ができるかもしれぬ」

三人の女魔族は、俺に熱い視線を向けつつ、しきりに頷《うなず》いた。

「……さすがは〝勇者〟の弟。会議に連れてきてよかった」

「そうですよ。部下である我らには、とてもできない発想です」

「ああ、さすがだな」

そうかな？　ちょっと照れるな。

「……では、それでいく」

「ええ、そうしましょう。それでは決定ということで」

「荒療治すぎて少々可哀想ではあるが……やむを得ぬ。殿下のためだ」

お役に立てて嬉《うれ》しいよ。

今まで黙っていたが実は俺、みんなが思ってるより頭脳派なんだ。これからもどんどん知恵を頼ってくれて構わないぞ。

「……もちろん我らとて、本当はこのくらい考えついていた。将軍以外は」

「ですよねー。みんな思いつくけど、さすがにやり過ぎな気がするので口には出せずにいたのです。将軍以外は」

「なにっ？　お前たち、どういうことなのだ!?」

……あれ？　今、なんて言った？

「……きっと殿下、怒る」

「大切にしてた最後の一回を騙《だま》されて使うんですもんね。絶対怒りますよ。でも、私たちではなく〝勇者〟の弟の提案ですしー。怒りの矛先《ほこさき》を一手に引き受けてくれますよー。そっかー〝勇者〟の弟がそこまで言うなら、その方法でいきますかー（棒読み）」

「お、おい、貴様ら……‼　それでは私以外は思いついていたというのか⁉」

おい、こら！　ちょっと待て！

もしかして俺、ハメられたのか？

「……では〝勇者〟の弟の提案どおり、殿下に魔法を使い切らせてしまう方向で」

「〝勇者〟の弟の提案ですからねー、仕方ないかー（棒読み）」

「おい、お前たち！」

汚い、さすがは魔族、汚い。


「「ぐぬぬぬぬ……」」

俺と将軍は、二人でぐぬぬと悔しがる。

将軍にいたっては、怒りでコーラのグラスを持つ手がブルブルと震えているほどだ。そうか、巨乳だと手が震えるときには胸もちょっと震えるんだな。いいもの見た、うん。

「おのれ……それでは、まるで私だけ頭悪いようではないか！」

いや将軍、それは大丈夫。

タイプが違うだけで他の連中も頭悪いから（含む、俺）。

「……将軍は放っておいて作戦会議を始める。具体的な作戦を考える」

参謀長は相変わらず薄情だ。

「……殿下は金遣いは荒いくせに、ヘンなところで意外とケチ。ラスト一回の魔法もそう簡単には使おうとしないと思う」

だろうな。

ウチの姉ちゃんとの決戦のときも、最後の一回をケチって負けてたワケだし。

「ですが無理矢理使わせるのも難しいでしょうね」

と、博士。

「無理に使わせても、きっとスネるだけでしょう。魔力がなくなったあと、素直に学校に行ったり働いたりしてくれるとは思えません」

確かに、それでは意味がない。

じゃあ俺たちは『上手《うま》く機嫌を損ねないように最後の一回を使わせる』というようにしなければいけないのか。それって、かなり難しそうだな。

「……つまり『ああ魔法を一回残しておいてよかったな』と納得する使い道を我々で考えればいい」

「ですね。『これなら仕方ないか』とスッキリした気持ちで使えるように」

簡単に言うが、それってどんなシチュエーションなんだろう？

やっぱり難しい。俺たちは再び、うーん、と首を傾《かし》げた。

やがてビールをもう一杯飲み干した博士が「はいっ」と赤い顔のまま手を挙げる。

「『敵』――というのはどうでしょう？」

「どういうことだ？」

博士の提案に、将軍が聞き返す。武人らしく『敵』という単語に反応したらしい。

「つまりですね将軍、どこかから『殿下の究極破壊魔法でないと倒せない敵』が現れるんですよ。それを倒してもらうんです」

「バカな！『我らでは倒せず、殿下の魔法でないと倒せない敵』だと？　そんな奴どこにいる？」

話を聞いていた参謀長は、あきれ顔（アヤナミ系なので普通よりは無表情気味だったが）で将軍に言う。

「……将軍は頭が悪い――じゃなくて頭が固い。適当にでっちあげてしまえばいい。ハリボテなり着ぐるみなりで。その相手に向かって魔法を撃ってもらう」

「そ、そうか……。それもそうだな……」

また頭のことを言われ、将軍はショボンとした顔。いろいろ苦労が多くて気の毒な人だ。

――と、ここで俺が話に加わる。

「ちょっと待てよ。魔王の魔法って核兵器並みの威力なんだろ？」

「……そう。王族の魔法は一般用とは発動方法が異なるので、私も詳しくは分かっていないが…………魔力一〇〇％で一切セーブせずに放つ究極破壊魔法は、光の速さでうんこをしたときに匹敵すると言われている。分かりやすく喩《たと》えると」

「分かりやすくねえよ！　それ、どんくらいの威力なんだよ！」

「……リアルな話をするとたぶん、住んでいる町が消し飛ぶ。光速でうんこほどの質量（五〇〇～一〇〇〇g）の物体が動いたら想像を絶する衝撃波が発生する。さらに物体は光速に近づくにつれて質量が増大するので射出されたうんこは重力崩壊を起こしてブラックホールとなり――いろいろあって殿下のうんこで鴨ヶ谷《かもがや》市がヤバい」

「いや、うんこの話はもういい。リアルな話でもなんでもないし、そもそもうんこはただの喩えで関係ない。

俺が言いたいのはな、そんなもん使えるか、ってことだよ！　その作戦ナシ！　ボツ！　NG！　鴨ヶ谷が壊滅するんだったら、まだ魔王がニートのままのほうがマシだろ！」

「……そんなことはない。殿下の更生のため埼玉の田舎市町村にはガマンしてもらうべき」

「おい！」

――と、そこに博士が一言。

「そうですね。どうせ発案者の〝勇者〟の弟が責任を取るわけですし」

「博士、サラッと恐ろしいこと言うな！　だいたい、そんな発案してないし、そこまでの責任は取りようがねえよ！」

とにかく、そんなのは駄目だ。

というか、お前らの家や職場だって壊滅するだろ。困るだろ。

「でしたら……秩父《ちちぶ》あたりの山中で、うんと威力を絞って撃ってもらってはいかがで？」

「可能なのか？　魔力余ったら意味ないんだぞ」

「ええ大丈夫です。魔力の基礎消費ポイントの関係で、どれだけ威力を絞っても残り一回しか使えません。人家に被害を出さない程度の破壊で済むようにできるはずです。それなりの環境破壊にはなりますが、まあ世間的にギリギリ許されるレベルでしょうね。喩えるなら、そう——せいぜい糸井重里の徳川埋蔵金発掘と同じ程度です。アレの穴掘りレベルです」

？　喩えがよく分からないぞ？

前後の文脈からして、その糸井ってのは江戸時代の人なのか？　だが、さすがは博士。さっきの光速うんこと違って、いかにもインテリっぽい比喩だ。

「つまり『殿下にしか倒せない敵をでっち上げ、山奥で魔法を撃たせる』ということか」

「ですね。殿下は出不精だから山奥まで連れていくのは大変かもしれませんが」

魔王のやつ、いろいろ面倒な女だな。

「……それではただ今より準備開始。今すぐ地上世界にいるすべてのク・リトル・リトル魔族に声をかける。地上侵攻以来の大規模作戦となるであろう。

本作戦はこれより『バルバロッサ計画《プラン》』と呼称する」

ちょっと中二病的なネーミングだ。

第一八話

「なんで『バルバロッサ計画《プラン》』なんだよ？」

「……カッコいいから。魔族はみんなカッコいいネーミングが大好き。自分たちの名前もこのセンスでつけた」

「えっ、お前らの名前って自分でつけてたの？」

さて、翌日。

近所にある大きな市民公園。

「なあ参謀長、ちょっと思ったんだが――」

気になったことがあったので、俺は参謀長に聞いてみた。

「魔王を騙《だま》すのって、けっこう難しくないか？　ハリボテにしても着ぐるみにしてもさ。アイツ特撮番組とかも見てるし、雑な細工だと見抜かれるんじゃ？」

「……大丈夫。本当の特撮好きなら、細工は逆に見抜けない。どんなにチャチでも『ああ、あれはそういうものなんだな』という『見立て』でリアルだと思い込むはず」

「いや、それは特撮番組の見るときの話だろ？」

「……それに、いざとなったら部下の魔族のうち人相の悪いのを変装させて――」

「それ、死ぬだろ！　魔法でやられて！」

魔族にはドラゴンっぽい奴とか、どう見ても怪獣にしか見えない非人間型の個体も多いので手っ取り早い方法なのかもしれないが……さすがにそれは駄目だろう。

「部下に可哀想なことすんな。命はもっと大切にしろ。戦争終わったんだから、そんな理由で殺させないぞ」

「……今のは、ただの冗談。だが〝勇者〟の弟よ――お前はときどきサラッと自然体で〝キレイゴト〟を言うから偉いと思う」

「ん？　どの話だよ？」

「……とにかく大丈夫。考えがある。見抜かれたくなければ、チャチでなくすればいい。着ぐるみやセットも立派なものを用意する。そのための『関係者』を呼んである」

「関係者？」

「……そう。業界関係者」

そんな話をしているうちに、公園には続々と魔族たちが集まってきた。

参謀長は『地上世界にいるすべてのク・リトル・リトル魔族に声を掛ける』と言っていたが——どうも全員が来たわけじゃないらしい。公園に集まっていたのは、ざっと二、三百人といったところだ。

多くの者が参謀長や将軍のように人間っぽい外見をしていたが、なかには獣や爬虫類《はちゅうるい》といった怪物風の者や、スライム状、機械状の者、あるいは体のサイズが極端にデカかったり小さかったりする者もいた。

見た目はバラバラだが、みんな生物学的には同じク・リトル・リトル魔族だ。参謀長が言うには、もともと外見のバラつきが激しい種族で、こんなのは地上人類に喩《たと》えると『身長が一五六センチの者と一八九センチの者の差』程度でしかないらしい。異世界の生物なので、そういうものであるのだろう。

「なあ参謀長、あんまり集まりよくないみたいだな？」

「……平気。予想よりも多く集まってる。それより〝勇者〟の弟、感謝する」

「ん？　感謝ってなにがだ？」

「……殿下のために協力してくれて感謝する。もと敵でありながら、部下たちでさえサボってる者も多いこの計画に……」

「い、いや、まあ……。べ、べつに魔王のためってワケじゃないぞ！　単に家賃が欲しくて手伝ってるだけなんだからな？」

悪魔「おっ、ツンデレだぜ、ツンデレ」

天使「違います。もっと純粋な下心です。魔王や美人幹部たちと仲良くしたいから、こうして協力しているのです」

「って、またお前らかよ！　どっから出た！」

またアクマエル大佐とテンシエル大佐！　お前らも来てたのか！


ともあれ。

そんな連中を前に、我らがウィトゲンシュタイン将軍（巨乳）が演説する。

演台代わりのビールケースの上に立ち、曰《いわ》く。

「諸君、よく集まってくれた！　ただ今より、バルバロッサ計画《プラン》――殿下の更生作戦を開始する！　我ら軍団一同、殿下のために尽力しようではないか！」

その将軍の話に対し、魔族たちは――、

「おおー（やや、やる気なし）」

「おおー……（微妙に、やる気なし）」

「ふぁぁ～…………（露骨に、やる気なし）」

と、なんだかやる気なさげな返事。

将軍、あんまり人望ないな？　将軍なのに。巨乳なのに。

それとも魔王に人望ないのか？

そのうちに集まってる魔族たちから、こんな声が。

「――殿下の更生計画ぅ？　アタシら、そんな理由で呼ばれたの？」

「――あのぉ、実は小官これから夜勤なのでありますが……行ってもよろしいでしょうか？」

「――あっ、ズルい！　私も！　私も夜勤です！」

「――ボクもホラ、あれだ、ええと……そう！　猫にエサやり忘れたんで帰っていいですか？　家のカギ、かけ忘れた気もしますし」

「――小官、飽きたので帰るであります！」

「――おやつ出ないのぉ？」

やっぱり人望ないな？　というか統制とれてない。

あちこちから上がる声に将軍は、苦い顔をしながら、あと大きな胸をしながら、

「う、うむ、分かった……。用事のある者は帰ってよし！」

と許可を出す。集まっていた魔族たちは半分くらいゾロゾロと帰っていった。

その様子を見ながら、俺はコソッと参謀長に耳打ち。

「意外と人望ないんだな？」

「……昔からこんなもの。昔から魔族軍は統制がとれてないので有名」

いろいろ問題の多い軍隊だ。

さて、将軍はその後もしばらくそれらしい演説を続けていたが、どうにも士気は上がらない。話の間もポツリポツリと魔族たちは去っていく。その光景を見て、さすがの参謀長も業を煮やしてきたようだ。

「……マイク、ちょっと貸す」

「あっ、なにを！」

参謀長はマイクをひったくり、将軍を押しのけてビールケースの上に立つ。

「……お前たち、どうも士気が低い。しかし、これを聞いても今のままでいられるか？　今回の作戦の参加者は、なんと――」

もったいぶった言い回しに、ザワザワとなる魔族たち。

そして彼女は、普段の小声＆無表情ぶりからは信じられないほどの力強い語調で、一同に向けてこう告げる――。

「……テレビに映る！」

「ウオオオオオオオオオオオオオオオオオオオオオオオッ！」

魔族たち、大歓声！

「テーレービー!!　テーレービー!!　テーレービー!!」

お前ら、テレビに出るからってはしゃぎすぎ！　田舎の子供か！

しかも一旦去っていった連中が戻ってくるわ、それまでいなかった連中もテレビの話を聞きつけてやってくるわで、どんどん人数は増えていく。どんだけテレビ大好きなんだよ。

参謀長がビールケースの上から戻って来たので、俺はちょっと聞いてみた。

「なあ、テレビってホントなのかよ？　もしウソだったら暴動になりかねないぞ？」

「……本当。心配はいらない。某テレビ局と『今回の一件をテレビ番組として放送する代わりに、いろいろ協力してもらう』という約束をしている」

「マジか。すごいな」

「……マジ。テレビ業界に再就職した部下のツテ」

「テレビ業界に再就職した魔族？　そんなヤツがいるのかよ」

悪魔「いるとも」

天使「我々です」

お前らかよ!?

悪魔「これ終わったらザギン（業界用語）にグーフー（業界用語）、ベーター（業界用語）に行こうか？」

天使「それともシースー（業界用語）にします？」

いや、急にテレビ業界人をアピールしなくてもいい。明らかに過剰演出だし。

悪魔「言っとくけど殿下にはナイショな？」

天使「高収入の職に就《つ》いてるとバレたらタカられるので」

じゃあ、フィリピンのパンツ工場で働いてるってのは嘘《うそ》だったのか。

いろいろ言いたいことはあるが……まあ、いいや。今度にしよう。

「……テレビ局から予算と技術を提供してもらう。これならチャチにならない。着ぐるみやセットもテレビ用の本格的なものが使える」

「なるほどな……。けどテレビで流して平気なのか？　魔王にバレちまうんじゃないのかよ？」

「……問題ない。殿下はオタクなのでバラエティ番組は好きでない。念のため『不愉快なタイプのお笑い芸人がスタジオで見てる（ユルいクイズあり）』という番組構成にする。それなら殿下はすぐにチャンネルを変える」

ああ、魔王《アイツ》そういう番組嫌いそうだもんな。


こうして、いよいよ本格的に準備は始まった。

バルバロッサ計画《プラン》開始まで、あと一週間。

第一九話　「カンデーってさダンユーするとツンパー丸出しになるじゃない？　テレビ的にズイマーなワケよ」「お前らの業界用語は強引すぎて不愉快だ」

近所の町工場《まちこうば》。

「博士ー、角《つの》ンとこ、こんな感じでどうっスか？」

「ああ、悪くないですね。そのまま作業を続けてください。フー、こんなの造るの初めてだから大変だなー」

現在、博士とその部下の魔族たち数名が、工場で着ぐるみの怪物を作っているところ。

ここは、もともと将軍の勤め先の町工場だったが、社長一家が夜逃げして工場は倒産。置き去りにされた設備を（勝手に）使って、今回の作戦の準備をすることになっていた。

将軍（現在、別の場所で作業中）は、

『工場《こうば》が潰《つぶ》れたおかげで設備が借りられたわけだ。倒産も悪いことばかりではない』

と、少し寂しそうな顔で笑っていた。

というか将軍の失業がまさか伏線になっていたとは！

町工場の中で全長二メートル半はあろう怪物が、徐々に徐々に組み上がっていく。


俺と参謀長は工場の隅で、その作りかけの怪物を見上げていた。

「へえ、なかなか本格的じゃないか」

「……当然。なるべくリアルに造る。もし芝居とバレたら台無しになってしまう」

「そりゃそうだ」

壁には大きな完成予想図と青焼きの図面が貼《は》ってあったが、言うだけあってリアルなもの。恐竜とタコかなにかを組み合わせた、グネグネとしたデザインの怪物だった。

「キモチ悪いが、ちょっとカッコいいな。これって博士がデザインしたのか？」

「……違う。博士は優れた科学者だが、美術的なセンスはまるでない。何度かやらせてみたが結局、それっぽいデザインにはならなかった」

「じゃあ、これは誰が？」

「特撮番組の怪獣を作ってる会社の人。製作も基本はそこの人たちがやっている」

「ん？　その会社にも魔族が再就職してんのか？」

「違う。見てればわかる」

と、そのタイミングでカメラマン（人間）が声を掛けた。

「はいカーット、ＯＫでーす。博士さん、作業してるフリもうＯＫです」

「はーい」

作業してるフリ？

博士や魔族たちはゾロゾロと作りかけのハリボテから離れ、入れ違いにいかにもプロの職人っぽい男たち（人類）がやってきて、代わりに作業を始めていく。

「？　どういうことなんだ？」

「……つまり魔族がハリボテを作ってるというのはウソ。テレビのヤラセ。本当はプロの人たちが造ってる」

「いいのかよ、そんなんで？」

「……構わない。そのほうが時間短縮になるし、素人が造るよりいい出来になる。殿下の更生が第一だからヤラセには目をつぶる。今ごろ将軍は秩父山中にセットを造りに行ってるはずだが、それもプロの人たちにだいたいやってもらってる。魔族は手伝いだけ」

「そうか」

『なんとなく良くないのでは？』という気もしたが、参謀長の言ってることも正しい気がする。どのみち俺が口出しするようなことじゃあないんだろう。

「博士さーん、このあと移動お願いします。着ぐるみの会社に一週間修業に行くシーンの撮影です」

「はーい、おつかれでーす」

博士は制作会社のＡＤさんに連れられていく。

やはり実際に修業などはせず、一時間くらい向こうでそれっぽいシーンを撮るだけらしい。

「ふうん……テレビって、みんなこうなのかな？」

「……いや、たぶん違う。今回は特に悪質な業界ゴロが絡んでいるからだと思う」

悪質な業界ゴロ？

悪魔「ちぃーす」

天使「やぁやぁ、どうも」

ああ、コイツらのことか。

天使「ヨシツネちゃあン、ちょっとカンデー（業界用語）のことで相談あるんですが……」

なんだよ『ヨシツネちゃん』って。そんな呼び方、初めてされたぞ。あと『殿下』を業界用語で言うな。分かりにくい。

天使「カンデーってダンユーするとツンパー丸出しになるじゃない？　それってビーテレ的にズイマーなワケですよ」

（訳：殿下って油断するとパンツ丸出しになるじゃない？　それってテレビ的にまずいわけで

すよ）

天使「で、なんとかしてほしくって」

「『なんとか』ってなんだよ？　俺になにしろっていうんだ？　魔王にブルマーでも穿《は》かせろって言う気か？」

天使「お、いいですね。それイタダキ。いやー考えもしなかったんだけど、ヨシツネちゃんが言うんじゃ仕方《カタシー》ないかー」

「イタダキじゃねえよ！　お前ら魔族はそればっかりか！」

天使「そう言わず、頼みますよぉ」

そんなもん頼まれても困る。まったく……ていうかお前ら『天使と悪魔キャラ』、そろそろ放棄してやがるな？

悪魔「参謀長、実は小官も相談が……」

「……私に？」

悪魔「ええ、ご存じのとおり小官は放送作家として『自然かつリアルな流れで殿下に究極破壊魔法を使わせつつ、お茶の間を感動の渦に叩《たた》き込む』べく、シナリオ作りをしているわけですが――」

シナリオだってさ。すっかり映画の撮影みたいになってるな。

悪魔「コレ、続き物にできませんかね？」

「……続き物？　今回だけでは殿下が更生しないということ？」

悪魔「ええ、ぶっちゃけそうなりますがね。この話ってシリーズにできると思うんスよ。バラエティでもドラマでも、シリーズ化して何本も出したほうが偉いと決まってるんです。それを思うと一回目で更生させて終わりってのも……」

「……ダメ」

悪魔「まあまあ、最後まで聞いてくださいよ。殿下が更生して視聴者の皆さんが感動したところで、また新たな問題が起こって一からやり直しになるんです。それなら、いくらでもシリーズが引き延ばせるでしょ？　そのほうが儲《もう》かりますぜ」

「……ダメ。無理に引き延ばす必要はない」

悪魔「けど、こんなのドコでもやってることなんですよ？　娯楽先進国のアメリカ――業界用語で言うところのリカアメなんかじゃ特に。

　たとえば、あるドラマでは最終回で事件は解決しますが、ラストでいきなりダンプが突っ込んできて主人公とヒロインを轢《ひ》いてしまう――という終わり方をするんです。『続きが気になる視聴者は、続編の要望をテレビ局に出しましょう』ということなので　しょうね。多少強引ではありますが我々もこのダンプオチ《ブンダーチーオー》の精神を――」

「……ダメなものはダメ。許さない」

というかアクマエル《コイツ》、本末転倒《ほんまつてんとう》なことを言い出してるぞ。なんのためにこの作戦やってると思ってるんだよ?

しかし、参謀長のことは見直したな。

やっぱり金より魔王のことが大事らしい。魔族たちの絆《きずな》の深さを改めて思い知らされた。

悪魔「参謀長、もう一度考えて……」

天使「お待ちなさいアクマエル!」

おっ、相棒来た。

天使「『何度でも引き延ばせる』だとか、そんな考えはいけません」

さすが見た目が天使なだけのことはある。どうやらコイツのほうがアクマエル大佐より、少しだけ常識的なんだな——。

天使「バブルの頃ではあるまいし、このバラエティ氷河期時代、必ず番組が当たるとは限りません。なのに引き延ばし前提だなんて、あまりにも迂闊《うかつ》! 思ったほど人気出なかったらどうするのです!」

……ん? ちょっと待て。テンシエル大佐、なに言ってる?

天使「人気が出てから、改めて引き延ばせばいいだけのことです」

悪魔「なるほど!」

なるほど、じゃねえよ!

「……そう、私もそれが言いたかった」

参謀長、お前もかよ！

「……あの殿下のこと、どうせまたなにか問題を起こすに決まっている。だったら無理に引き延ばす必要はない」

って、おい！

いや、確かに俺もそんな気はするけどさ。

「……〝勇者〟の弟、ここはいいから、さっさと自分の仕事をする。殿下にブルマーを穿《は》かせる方法を考える」

その仕事もどうかと思うぞ。

第二〇話
「お前たち、ブルマーの発明者であるアメリア・ブルマー夫人（Amelia Jenks Bloomer 1818－1894）に感謝の祈りを捧げるがよい」
「いねえよ、そんなヤツ。勝手な偉人を作ってんじゃない」

さて、お馴染《なじ》み『ニューゴージャス高良多《たからだ》』の二〇三号室。

「♪なんか最近つまんないである～、ヨシツネも参謀長も遊んでくれなくてさみしいである～、どうせオイラはツマハジキもの～、オイラにナイショでなにかやってる～」

薄い戸の向こうからヘンな歌が聞こえていた。

なんだよ、この歌。魔王が歌ってるらしいが、大変なオンチだ。

「おーい魔王、入っていいかー」

「!!」

声を掛けたら、ぴたっ、と歌がやんだ。

「おおおおっ！　よ、ヨシツネか。入るがよい！」

部屋に入ると、魔王はいつものようにパソコンのマウスをカチカチやっていた。

「お前、今ヘンな歌うたってなかったか？」

「き、気のせいである、気のせい！　余はネットを見ておったのだ。ツイッターでひどいネタバレ発言をした者がおってな、炎上している様子をウオッチしていたところなのである。だから、歌など歌ってるはずないであろ」

べつにネットしながらでも歌くらい歌えるだろうに。まあ、いいけど。

「それより魔王、実は話があるんだが……」

「む？　また家賃の話であるか？」

「い、いや、そうじゃないんだ。もっと重要な話でさ――」

俺は参謀長から渡されたメモをチラ見しながら言葉を続ける。

「…………ブルマーっていいよな」

「…………汝《なんじ》、今なんと言った？」

なんだ、このクソ台本！　会話の流れ、おかしいだろ！

「ブルマー、と言ったな？　どうしたヨシツネ、唐突であるぞ」

「うん、いや――だから、なんというか……」

確かに唐突だと思う。それについては異論はない。

「つまりさ――（メモを見ながら）――俺、ブルマーって最高だと思うんだよね。あれこそは地上人類の叡智《えいち》の結晶だ。アメリカの女性解放運動家ブルマー夫人（Amelia Jenks Bloomer 1818－1894）による大発明…………………って、いねえよ、そんなヤツ！　勝手な偉人を作ってんじゃねえ！」

「？　なにを一人で喋《しゃべ》って一人でツッコんでおる？」

「い、いや……とにかくブルマー最高！　そう思うだろ、な？　な？」

なにが女性解放運動家のブルマー夫人だ。そんなリアリティのない偉人がいるか。

だいたい『女性解放運動家』って、ブルマーでなにを解放する気なんだよ。

「汝《なんじ》、さっきからなにかヘンであるぞ？」

「へ、ヘンじゃない！　前から思ってたことだ！　マジメな話だ！」

絶対、この台本おかしいだろ。

どう考えても日本語の会話になってないぞ。

「ふむ……？　ははあ、なるほど。事情はだいたい理解したぞ。さては汝、余にブルマーを穿《は》いてほしいのであろ！」

「う、うん、まあな……」

便宜上『まあな』と答えたが、本当はそんなことはない。

なんというか人聞きの悪いことこの上ない。

「ふむふむ、そういうことであったか……くふふふっヨシツネよ、見直したぞ。なかなか風《ふ》情《ぜい》というものを理解しておるではないか。生まれたときには既に実在《リアル》ブルマーは廃止されておった世代であるというのに、それほどまでに激しくブルマーへの執着を見せるとは。よかろう！　そこまで言うのであれば考えてやってもよい！」

「お、おう……。よろしく頼むぞ」

クソ台本ではあったが、どうやら目的は達せられたようだ。

とにかくミッション・コンプリート！　俺の仕事終了！


「ふぅ……。参謀長のやつ、ロクでもないことやらせやがって……」

俺がグッタリした顔でアパートから出ると、そこにいたのは――。

「ヨシツネ！　やっぱり、ここにいたのね！　またアーザのとこ行ってたんでしょ！」

「トモザキ……」

また、ややこしい奴が。

「ねえ、アンタ最近、アーザに構いすぎなんじゃない？　だいたい、ここんとこ放課後なにやってるワケよ？　魔族とツルんでるって本当なの？　まさかと思うけどアイツらなにか企《たくら》んでるんじゃ？」

「ストップ！　うるさい！　いっぺんにワーワー聞くな！　それに、理由があってやってることなんだよ！　気にするな！」

「理由？　理由ってなによ？」

「いいだろ、別に……。オマエには関係ない話だよ……」

「――っ!!」

極秘作戦だったし、なにかのはずみに魔王に聞かれてしまうかもしれない。

だから俺は、トモザキにも内緒にするつもりだったのだが……。

「このおっ！」

そんな態度が、なにかの逆鱗《げきりん》に触れたらしい。

トモザキは俺を殴《なぐ》った。

力いっぱい。

「いたたたた……。おい、痛いだろ。乱暴するな」

「ふ、ふーん、だっ！　ふーんっ！　あ、アンタのことなんか心配してないし、なんの関係もないんだから！　理由だってホントは知りたくなんかないんだからっ！」

だったら殴るな。理不尽すぎる。

第二一話
「……アメリア・ブルマー夫人（Amelia Jenks Bloomer 1818－1894）は実在する」
「えっ、マジで!?」
「……マジで。女性も屋外でスポーツができるようにとブルマーを発明した偉人。『まんがはじめて物語』にも出ていた。たぶん」

さて――。

いよいよ作戦決行の前日。空は夕方。

魔族一同は『バルバロッサ計画《プラン》』のために毎日慌ただしく準備を続けていた。

ついでに言えば俺も、ブルマーの一件以外にもやたらいろいろ手伝っていた。

今は小学校帰りの参謀長を、自転車で町工場《まちこうば》まで乗せているところ。

将軍のもと職場でもある町工場はバスでも不便な場所にあるため、こうやって俺が運んでやってた。

「……〝勇者〟の弟、助かる」

「気にすんな。それより前から思ってたんだが――その『〝勇者〟の弟』って呼び方、言いにくいだろ？　普通に名前で『ヨシツネ』って呼んでいいぞ。他の連中にも言っといてくれ」

「……分かった、ヨシツネ。……今の、アニメなんかの『仲良くなった表現』のよう。もしかして私に気がある？」

「そういうわけじゃねえよ！　普通の意味だよ！」

確かに我《われ》ながら、それっぽい台詞《せりふ》だったが。

（というより、多少はそういう意味でもあるのかな？　参謀長に気があるわけじゃないが、ここ何日かずっと魔族の連中とは一緒だったし……）

今回の準備のおかげで参謀長や将軍、博士、それに他の魔族の奴らと以前よりも仲良くなっていたとは思う。

だからこそ俺も『ヨシツネって呼べ』なんて言葉が出たのかもしれない。

「しかし準備、だいぶ順調にいってるみたいだな」

「……順調。皆の努力とテレビ局のおかげ。着ぐるみもセットも完成。ブルマーの件もクリア。あとは実行あるのみ」

「おう」

「……ところでヨシツネ、つい今しがた、そこで〝女戦士《トモザキ》〟と擦《す》れ違ったが――」

「えっ、本当か？　全然気がつかなかった」

「……〝女戦士〟、なにか言いたそうな目でこちらを睨《にら》んでいた。ヤンデレ演出」

ヤンデレ演出？　なんだ、そりゃ？


俺たちは町工場《まちこうば》で完成品の着ぐるみを受け取ると、皆でトラック（運転手ともどもテレビ局が手配してくれた）に乗って秩父《ちちぶ》の山奥へ。

そこには魔族たちが造り上げた（ということになっている）見事なセットがあった。

将軍がドヤ顔で俺たちを出迎える。

「どうだ驚いたか？　書き割りとはいえ、なかなかにリアルな町並みだろう」

「へえ、こりゃすごい」

確かにリアルな出来だった。

さすが、実はプロのテレビ関係者たちが作っただけのことはある。本番は夜になるから、これなら本物の町と見分けがつくまい。

「この町に、異次元怪人デスキラーX（着ぐるみ）が現れる。我《われ》ら魔族一同が立ち向かうも返り討ち。町を守るためには、殿下に魔法を使っていただくしか……というストーリーだ」

怪人のネーミング、ダサッ！

「名前も強そうであろう？」

「あ、うん、まあ……」

いや、みんなが気に入ってるならいいけどさ。

コイツら、種族ぐるみでネーミングセンスが微妙な生物なのか？『魔族』というより、むしろ『ネーミング悪い族』だ。

とはいえ着ぐるみもセットもいい出来で、名前以外は特に問題はなさそうだった。

「魔族一同、ここ何日も念入りな演技指導を受けている。おい、そこのお前、やってみろ」

「ウィッス、将軍！」

将軍に言われて、リザードマンっぽい姿の魔族（非人間型）が指導の成果を見せることになる。どうでもいいが、どっちが怪人か分かりにくい。

そして演技開始！

「うわあ～、やられた～。異次元怪人デスキラーXめ、なんて強さだ～。こうなったら殿下の究極破壊魔法をお願いするしか～……」

ん～……。

ちょっと棒読みな気もするが…………ま、いいや。余計なこと言うのもなんだし。

と、ここで別の魔族（昆虫タイプ）が演技に加わる。

「いけません！　殿下の魔法はあと一度しか使えないのです！　ここは我らだけで……」

おっ、こっちは意外と上手《うま》い。なかなかの熱演だ。

シナリオもそれなりに凝ってる。

「確かに異次元怪人デスキラーXはこの町を破壊したあと、秋葉原《あきはばら》と池袋《いけぶくろ》乙女ロードを破壊し、さらには東京都知事になってオタク文化を片っ端《かたぱし》から規制してやると言っていますが……それでも殿下に頼らず我《われ》らだけでやりましょう！　犠牲は出ますが！　私は子供が生まれたばかりで、貴方《あなた》はこの戦いが終わったら結婚する予定ですが！　殿下の魔法なら一発ですが！」

前言撤回。だんだんシナリオが強引になってきた。

「よーし、ＯＫ！　名演技だったぞ」

「ウィッス！」

「ありがとうございます！」

ん～……。

「見たか、我らク・リトル・リトル魔族の演技力！　さらに本番では火薬でパパパパーンと爆発して、たいへんな迫力になるのだ！」

「いや……まあ、いいと思うよ」

「そうであろう、そうであろう！」

「………」

ウィトンゲンシュタイン将軍は善人で美人で巨乳だが、ちょっといろいろ問題はある。主に頭に。巨乳なのに。バストサイズ一〇五センチなのに。

「ヨシツネも今のうちに演技の練習をしておくがいい。本番ではお前が殿下を連れてくるのだからな」

なんだって!?　いつの間にそんな大役を？

「さて、私も練習せねば。参謀長、リハーサルだ！　本番用の衣装でやるぞ！」

「……分かった」

異次元怪人デスキラーXの着ぐるみは、将軍と参謀長、二人が入って動かす仕組みになっていた。というか今知った。

魔王が究極破壊魔法を撃つ直前に、地面に掘った穴から脱出する仕組みになっているんだそうだ。幹部自ら危険な役割をするのは偉いと思う。

ともあれ着ぐるみに入って演技スタート。

「がはははー、生意気なク・リトル・リトル魔族どもめー!!　魔王の究極破壊魔法以外の攻撃でこの異次元怪人デスキラーXを倒せると思ったかー!!　大人しくパチンコ屋にでも行って、よく出ると評判の『CR勇者タカラダ・シズカ』でもやっておれば痛い目にあわずに済んだものをー!!」

「……がおー」

シナリオ担当！　シナリオ担当のアクマエル大佐どこ行った！　今の台詞《せりふ》ひどすぎる。こんな露骨な宣伝、スポンサーだって困るだろ。

あと『CR勇者タカラダ・シズカ』ってなんだ？　うちの姉、いつの間にそんな儲《もう》け話を？

「あるいは今最高にホットな某国アイドルのCDでも買っておればよかったものをー!!」

「……がおー」

いいよ、もう！　そういうのは！

「とにかく町を破壊し尽くしてくれるわー!!　この町が終わったら秋葉原《あきはばら》と池袋《いけぶくろ》乙女ロード、それに東京ビッグサイトも破壊してやるー!!　オタクの好きそうな場所は全部だー!!　早く倒さないと大変だぞー!!　魔王の究極破壊魔法以外の攻撃では倒せないぞー!!」

「……がおー」

スポンサー関係なくても台詞《せりふ》ひどいな。

だんだん心配になってきた。着ぐるみやセットはしっかりしてるが、台詞がこんなじゃ騙《だま》せないかもしれない。

魔族はともかく、たとえばテレビ慣れした日本人ならこんなウソは……。


——と、そんなとき！

「そこまでよ！」

山の中に、突然聞き覚えのある声が響き渡る。

「異次元怪人デスキラーX、今の話、聞かせてもらったわ！　アンタの破壊活動は、この〝女戦士〟こと供崎宮子《ともざきみやこ》が止めてやる！」

またも前言撤回。どうやら日本人でも騙されるらしい。俺、アクマエル大佐には謝らないといけないようだ。

……ていうか、どうしてトモザキが!?

「トモザキ、どうしてお前が!?」

「か、勘違いしないでよね！　ヨシツネが最近アーザやラプラスとばっかり一緒なんで、その……気になって監視してたのよ！」

監視するな。ストーキングか。

「でも『だいたい』状況は分かったわ。ヨシツネ離れて！　異次元怪人デスキラーXの正体はウィトゲンシュタイン将軍とラプラス参謀長だったの！　魔族《こいつら》たち、なにか企《たくら》んでたのよ！」

「いや、ちょっと待て！　そうじゃないんだ、話を聞け！」

状況の把握が『だいたい』すぎる！　もうちょっと細かく分かれ！

そもそもなんだよ『なにか企んでたの』って。それ全然分かってないだろ？

だがトモザキは俺の制止も聞かず、現役時代の武器を振りかざして異次元怪人デスキラーX（中身は将軍と参謀長）に襲いかかる。

「喰《く》らえ、正義のチェーンソー（※ホームセンターで二万七八〇〇円で購入）！」

前から思ってたが、お前の武器って絶対に正義側じゃないよな？

「アーザの魔法でしか倒せないと言っていたけど……それでも、あたしは戦う！　町の人たちを守るために！」

お前、バカで乱暴者だけど、そういうところは立派だな。本物と思ってるのに異次元怪人と戦えるんだから。バカで乱暴者だけど。

「とにかく落ち着けトモザキ！　戦うな！　将軍、参謀長、お前らもなにか言ってやれ！」

「クッ……〝女戦士〟が相手とならば、こちらも奥義を出すしかあるまい！　我《わ》が必殺剣、銀河暗黒剣胡蝶《こちょう》乱舞を！」

「……がおー」

お前らも落ち着け！　戦うな！

「……銀河暗黒剣胡蝶乱舞。それはシャドー太陽の暗黒エネルギーを利用して敵全体に絶大なダメージを与えるウィトゲンシュタイン将軍の必殺剣である。それにラプラス参謀長のデス・マジカル頭脳パワーを加えることにより気分的に一〇倍の破壊力を発揮するのだ。がおー」

参謀長、台詞《せりふ》長い！

だが、いけない。

このままでは必殺の一撃同士がぶつかりあって大変なことになってしまう。周囲の魔族やテレビ関係者を巻き込んで大怪我《おおけが》をさせ――最悪の場合、死者さえ出てしまうかもしれなかった。

ああ、こんなとき、俺はどうすればいいのだろう？

自分の無力が恨めしい。

もしも姉ちゃんのように強ければ、この場を収めることもできただろうに。なのに、どうして俺はただの〝大家の息子〟なんだろう……。

『……ヨシツネ、お前だって〝勇者〟の血を引く者じゃないか』

急に、ばあちゃんの言葉が脳裏に浮かぶ。それはまるで、『スター・ウォーズ』なんかでよくある『師匠がフォースを使えと導いているシーン』のようだった。

『……ヨシツネよ、よくお聞き。時に〝優しさ〟には〝他人を傷つける覚悟〟が必要な場合もあるんだよ』

ばあちゃん……。

そうだ、俺は――!!

俺に眠る〝勇者〟の血よ、今だけ力を貸してくれ！

「死ねえっ、異次元怪人デスキラーX！」

「銀河暗黒剣胡蝶乱舞！」

「……がおー」

俺はチェーンソーと銀河暗黒剣、二つの武器の間に割り込み、そして――。

「クーゲルシュライバーッ！」

――ぶすっ、ぶすっ、ぶすっ

三人から『ギャーッ』『へぶぅっ』『モルスァ』と悲鳴が上がり、この場はなんとか収まった。

ありがとう、ばあちゃん。

ありがとう、勇者の武器クーゲルシュライバー。

第二二話

「いやあ、ロングパスからのネタがキマると気持ちいいねえ。このタイミングで、まさかの『クーゲルシュライバー』……ププブッ。評論ブログとかやってる人には、ぜひ『まるでアメフトの名勝負を見るかのような見事なロングパスの応酬！』とか書いていただきたい」

「……そこまでキマっていない気もする。あまり調子に乗るべきでない」

「ごめんなさい、そんな事情だったなんて……」

「いや……」

「……それより将軍も反省する。これは主に銀河暗黒剣胡蝶《こちょう》乱舞の被害」

セリフは右からトモザキ、将軍、参謀長。

参謀長、自分も一枚噛《か》んでるクセに威張ってた。この子なりの責任回避のテクニックなんだろうか。

さて、状況を説明しよう。

俺のクーゲルシュライバーのおかげで、三人は必殺の一撃を最後まで放つことはなかった。

これについては俺の手柄なので、もっと褒《ほ》め称《たた》えてくれてもいい。

だが、さすがは銀河暗黒剣胡蝶乱舞。

参謀長の魔力でパワーアップされたその将軍の必殺剣は、途中で邪魔をされて不完全な発動だったにもかかわらず周囲を焼け野原にしてしまっていた。

幸いにも、たいした怪我人《けがにん》は出ていなかったが（これについても俺の手柄なのでもっと褒め称えてもいい）しかし、せっかくの着ぐるみもセットもすべてが丸焼け。

それとトモザキは真相を知って、さすがにシュンとなっていた。

このときのトモザキの様子をあまり細かく描写すると雰囲気が暗くなるので省略するが――たとえば俺にボールペンで刺されても怒らずにいたことからも分かるように、かなりのシュンとなりっぷりだった。

将軍や魔族たちもそれが分かっていたから、計画を台無しにした〝女戦士〟に対して誰も強く責めたりしない。基本的にこの魔族たち、侵略者であること以外はイイヤツなんだ。

うなだれるトモザキの肩を、将軍がポンと叩《たた》く。

「その――落ち込まなくていいぞ〝女戦士〟。幸い、怪我人も出ていないようだし……」

そうだな。それについては俺のおかげだ。もっと褒め称えてもいいぞ。

「それに着ぐるみやセットはまた造り直せばいいだけだ！　なあ、そうだろう、みんな！」

将軍の呼び掛けに、魔族たちは『おーっ』と声を上げる。ほら、やっぱりイイヤツだ。

まるで青春ドラマのように、爽《さわ》やかにこの一件は片がつくと思われたが――、
天使「ダメです《メーダー》」

悪魔「造り直すカネなんてねぇよ」

いきなり爽やかじゃない二人が口を挟んだ。

「な……っ？　待て大佐たち、どういうことだ？」

天使「どうもこうも予算《サンヨー》は有限《ゲンユー》ということです」

悪魔「テレビってのは莫大な予算があると思われがちだが、そうじゃねえ。いや最初に貰《もら》えるカネ自体はたいへんな額なんだけどよ、しかし――（※以下、八〇〇文字ほどテレビ業界の暗部についての解説）――というようなことが行《おこな》われる。いわゆる『中抜き』というヤツだ。下請けや現場が苦労するのはドコでも同じさ。そこからさらにオレらの小遣いを抜いて、実際に使える製作予算は……ほら、コレだけだ」

「そうであったのか……。それならば仕方ないが――」

騙《だま》されるな将軍。今、ドサクサに紛れてコイツらも中抜きしたぞ。

「しかし苦しいのは分かるが、そこをどうにか……」

天使「いいえ、どうにもなりません」

悪魔「番組は、今まで撮ったフィルムでなにかテキトーにデッチ上げるから安心しな。そんじゃあ撤収！　スタッフの皆さん、お疲れさまでしたー」

やはり、というか。さすがはテレビ業界。想像ついていたが薄情なものだ。

アクマエル大佐の『撤収』の一言で、テレビ関係者たちは一斉に引き上げる。

山の中に残されたのは、魔族たちと俺とトモザキ――それに燃えカスとなった着ぐるみやセットだけだった。

なにもないまま、ただ、ぽつん、と俺たちだけ。

「……これから、どうする？」

「さあ……」

当然のことながら一同、途方に暮れた顔になっていた。

――翌日。

時計は既に午後の六時。

「はあ、ふう……。やっと家まで戻れた……」

よかった、やっと家の前だ。

目の前にはお馴染《なじ》み『ニューゴージャス高良多《たからだ》』が。

テレビの人たちがマイクロバスやらトラックやらごと帰ってしまったため、俺たちは移動手段もないまま山奥に取り残されてしまった。

家まで戻るのも一苦労。ヒッチハイクと徒歩と電車を乗り継ぎ、帰ってきたのは翌日の夕方になっていた。空はもう薄暗い。

「ぜえ、ぜえ、はあ……」

俺がぜえぜえと家の前で息を切らせていると――。

「おや、ヨシツネ。帰ってきたであるな」

「魔王……」

どうやら買い物帰りだったらしい。

んまい棒の入ったコンビニ袋を手にした魔王アーザ一四世が、そこにいた。

「秩父《ちちぶ》では大変であったな？　汝《なんじ》も皆も、余を更生させようなどと考えるから、そんな目にあうのである」

「秩父では、って…………えっ？　あれっ？　じゃあお前、計画のこと知ってたのか！」

「バルバロッサ計画《プラン》とやらであろ？　知っておる。余に知らぬことなどないのだ」

そんな!?　だが、どうやって？　秘密にしていたはずなのに。

まさか参謀長も将軍も知らない、魔王独自の情報網があるとでも？

「ネットを巡回しておったら、たまたま、口の軽い者たちがツイッターでこの計画のネタバレをしておるのを見つけてな。本当にネットは恐ろしい。迂闊《うかつ》に使うべきではない」

なんだそりゃ！

そういや、そんなこと言ってたな。ブルマーの説得に行ったときに、ネタバレ発言で炎上がどうとか。あれってバルバロッサ計画《プラン》関係者の話だったのか

「じゃあ、魔王には全部お見通しだったってワケか」

「うむである。〝女戦士〟がヤキモチと勘違いで着ぐるみとセットを壊したのも、テレビ局が手を引いたのも存じておる。作業をしていた魔族たちも、多くは有給休暇を今日までしか取ってないので、明日から作業続行は不可能なのであろ？」

よく知ってるな。ホントにネット怖いな。

ただ、別にトモザキはヤキモチで壊したわけじゃないと思うぞ。相変わらず『勘違いするな』と言っていたし。

「しかし、汝らのことは気の毒に思うぞ。本番前日に中止だとはな」

「ん？　おい――」

「骨折り損とはこのことであろう。これに懲りて汝らも『働いたら負け』の精神を学ぶべきやもしれぬ。他人の更生など愚かな考えなのである」

「おい、ってば！　ちょっと待て！　おい！」

「それと汝らの計画についてー言いいたいことがある。このバルバロッサ計画《プラン》、余が更生した

ら終わってしまうぞ？　シリーズ化するためにはニートのままでいたほうがよいのではないか。シリーズの引き延ばしは大切なのだ。たとえば娯楽先進国アメリカでは、ドラマの最終回でいきなりダンプが――」

「その話、アクマエル大佐から聞いた。主従で同じ話するな」

「余が教えてやった話なのである」

「けど、最近の日本のテレビ事情じゃ無理な引き延ばしは良くないんだってよ。それとな……お前が誤解してる点が、もう一つある」

「む？　どの点であるか？」

俺は魔王の手をグイッと摑《つか》んだ。

「……？　どうしたヨシツネ？」

「悪いが魔王、今から一緒に来てもらうぞ」

バレていたなら話は早い。もう隠す必要はないだろう。

第二三話
「……この男、自分は『俺のことはヨシツネと呼べ』と言ってたくせに、人のことは『参謀長』『将軍』と呼んでいる。よくないと思う」
「きっと、あやつなりに複雑な心理があるのであろう。思春期の男子であるしな」

「ええい、離せヨシツネ！　余をどこに連れていくのだ！　もう夜だというのに、こんな山の中に……」

「いいから来い。俺は家に帰ったんじゃない。お前を連れていくために一旦アパートまで戻っただけなんだ」

　魔王は一つ、大きな誤解をしていた。

　それは『作戦が本番前日に中止』という点。

「みんな忙しくて、情報漏らしてたやつもネットに書き込む余裕がなかったんだろうな。だから魔王《おまえ》まで情報が回らなかったんだ。ほら、向こう。このあたりから気づかれないように見てみろよ」

「向こう、であるか……？」

俺が指差した先にあったのは――。

「――よーし、そこトンカチで釘打ってー」

「――なあコレ、ちゃんと真っ直《す》ぐになってる？」

「――セット班、急げ！　開始時刻になっちまうぞ！」

「――〝女戦士〟さん、ちょっとそこ持ってください」

「――はーい、これでいい？」

「――おーい、着ぐるみの軽トラ来たぞー」

それは、山奥で作業をする大勢の魔族たちの姿だった。

しかも前より人数が増えてる。地上にいる全員ではないのだろうが、かなりの人数がいるように見えた。魔王は以前、地上在留魔族の人数を『売れてないアニメＤＶＤの販売枚数』に喩《たと》えていたが、その数くらいは集まっているんじゃなかろうか。

おまけに壊した責任からだろうか、魔王と仲が悪いはずのトモザキまで手伝っている。

「どうだ、魔王？」

「………………」

作戦は、中止になんかなってなかった。

テレビ局が撤退してからも、魔族一同は独自に作戦を続行。焼け野原になった山の中にセットを建て直し、町工場《まちこうば》で着ぐるみを一から造り直していた。しかも自腹でだ。博士がサブカル系雑貨店から貰《もら》ったお金をシブシブながら提供してくれた。

プロの人たちがいなくなった後だから、その出来は推して知るべしだったが——。

「アレ、みんな魔王《おまえ》のためにやってるんだぞ」

「ふ、ふン……どいつもこいつもイキイキとした顔をしおって。戦時中よりよほどハリキっておる。余のためなどと言っておるが、実際には余をダシにして楽しんでおるだけであろう」

まあ、その一面はあるかもしれない。

テレビ局主導のときとは違い、魔族たちが自主的にやっているからなのだろう。魔王の言うとおり生き生きとしている。ある者はトンカチで板に釘を打ち、またある者は炊き出しのおにぎりを作り——と、みんな楽しそうに作業をしていた。

誰かが『こんなに充実してるのは終戦以来だ』と言っていたが、やはり魔族《あいつら》たちもいろいろ苦労があったに違いない。

「けど、魔王《おまえ》のためだから、こんなに楽しくやれるんじゃないかな？　客観的に見て、オマエけっこう愛されてると思うぞ？」

「ふむ、そうであるか……。かもしれぬ」

そう言う魔王の顔は、今まで俺が見たことのない表情をしていた。

照れと笑い、それから別のなにかが入り混じったような。

そんな複雑で微妙な表情だった。

「くふふっ……見るがよい、あの着ぐるみのひどい出来を！　使い古しのシーツとダンボールが材料だとは、まるで小学生の工作ではないか。デザインもオバQにツノとキバをつけたようなデザインであるし……。それに、このセットもである。ベニヤにペンキを塗っただけで絵もドヘタときた！　こんなもので余を騙《だま》せると思っておるのか？　まったく人をバカにした話である」

「強がんなよ」

「つ……強がってなどおらぬわ！」

そう言いながらも耳まで真っ赤だ。


やがて準備は完了。

本来の開始予定より二時間遅れで、あたりは真っ暗になってはいたが、着ぐるみとセットは完成。リハーサルも終了。あとは魔王の到着を待つのみとなる。

やや離れた物陰から、俺は準備完了を確認し――、

「じゃあ、始めるか」

「うむ」

と、魔王とヒソヒソ声を交わした。

打ち合わせ通り、まずは懐中電灯を三度点滅させて合図を送り、そして叫ぶ。

「魔王、こっちだー!!　悪い異次元怪人はこっちにいるぞー!!」

こうして、いよいよバルバロッサ計画《プラン》が始まった。

俺の声を聞き、ク・リトル・リトル魔族たちは一斉に『本番』へと入る。


「大変だ～、異次元怪人だ～。異次元怪人が現れたぞ～」

「うわ～、なんて強さだ～」

町（と言い張ってるだけのベニヤ板）の中を逃げ惑う魔族たち。

それを追うようにシーツの怪人が現れる。

「がはははー、生意気なク・リトル・リトル魔族どもめー!!　魔王の究極破壊魔法以外の攻撃でこの異次元怪人デスキラーXを倒せると思ったかー!!」

「……がおー」

参謀長の声にしか聞こえぬ『がおー』に合わせ、火薬がパンパンと鳴り響いた。

これは周りの繁みから魔族たちが爆竹や花火を投げ込んでいたのだが、たまに発火地点が近すぎて、デスキラーXがビクッとなってた。

しかし、威力はある（という設定）らしい。魔族たちは火薬の音に合わせてバタバタと地べたに倒れていく。

「うわああ～、やられた～。異次元怪人デスキラーXめ、なんて強さだ～。こうなったら殿下の究極破壊魔法をお願いするしか～」

「殿下～、お助けを～」

魔族たちの助けを呼ぶ声が（棒読みで）秩父《ちちぶ》の山奥に響く――。


「くふふふふっ、見たかヨシツネ？　思った以上にひどいものだ。あやつら棒読みにも程があろうに……。まあ棒読みなりに、なかなかの熱演ではあったがな」

「ははは、そうだな」

「さて、全員の演技は終わったようだな。ならば、そろそろ余の出番である。ヨシツネ、ついてくるがよい」

魔王はデスキラーXの前に躍り出ると、杖《つえ》を構えて名乗りを上げた。

「異次元怪人デスキラーX！　汝《なんじ》の野望はそこまでである！　秋葉原《あきはばら》や池袋《いけぶくろ》乙女ロードを破壊するなど、たとえ都知事が推奨しようとも、この――万物の王にして原初の混沌《こんとん》、偉大なる支配者アーザXⅣ《トホート》は許さぬぞ！」

魔族たちから一斉に、おおっ、という歓声が上がる。

「お前、けっこうノリノリだな？」

「うむ、そうであるとも。ふふっ…………ヨシツネよ、一つ分かったことがある。余は魔王であり最強の魔導師だ。誰よりも強力な魔法を持っておる」

「ああ」

「だが――魔法とは、杖から出るビームのことなどではなかったのだな……。核に匹敵する破壊力など全然大したものではない。本当の魔法とは、そんなものではなかったのだ。

余に優しくしてくれる者が、まだこんなにいてくれる。戦いに敗れ、ずっとニートを続けていた余のような暗君に……それこそが奇跡で魔法だったのだ。今、初めて気がついた」

「魔王……」

デスキラーX（シーツ）の中で、中身の二人が地面の穴に退避しようと必死にモゾモゾあがいていた。だが、この滑稽《こっけい》な光景でさえ今となってはホロリと涙を誘う。杖の宝石はいつものように薄《うつす》らとだけ光っていた。

「見よ！　邪神の杖クグサククルスの輝きと、我が最強の魔法の威力《ちから》を！」

参謀長と将軍の脱出を確認すると、魔王は杖を高く掲げ――、

「感謝、している……。ありがとう……」

魔法を、放つ。

最後の、たった一回だけの魔法を。

シーツの怪物を掠《かす》めて、夜空へと。

山奥で深夜とあって頭上には数多くの星々が瞬《またた》いていたが——杖《つえ》から放たれた真紅の光は、一瞬どんな星よりも眩《まぶ》しく輝いた。

それは、とても美しい光景で……。

暗黒二中

エピローグ「残り一回だけの魔法……」

杖《つえ》からは、光は消えた。

「ふむ……これで完全に魔力切れというわけであるな」

「そうみたいだな……。けどさ、魔王——」

「おっと」

魔王は人差し指を立て『おっと』と、俺の口を塞《ふさ》ぐ。

「ヨシツネよ、もう余のことを『魔王』と呼ぶな」

「どうして？　もう魔王じゃないからか？」

魔力を失くしてしまったから？

「いいや、そうではない。もっと普通に呼べと言っておるのだ。『魔王』というのは役職の名である。友達は『アーザ』と呼べ」

彼女――アーザは、この星空のように満面の笑みを浮かべた。

映画だったら感動のラストだ。

さて、あれから数日後。

アーザは比較的学校に来るようになった。

今のところ、だいたい三日のうち二日は来ているペース。毎日休まず来るべきとは思うが、まあ、これまでは一日も来なかったんだ。改善されたと言えるだろう。

授業中も、そんなに寝ないで話を聞いてる。ただし、これについては担任の山田《やまだ》先生がさんざん怒ったからだったが。

ニートというのはN．E．E．T．（Not in Education, Employment or Traning）つまりは『教育を受けず』『働かず』『職業訓練も受けず』の略だそうだから、理屈から言えばアーザは『E』が一つ減って、もうニートじゃないということになる。めでたい話だ。

とはいえ……問題がすべて解決したというわけじゃなかった。

――ばいん、ぼいーん　ばいん、ぼいーん

俺はアーザの部屋の戸を叩《たた》く。

「開けろアーザ！　部屋にいるのは分かってるんだ！　居留守使ってるんじゃない！」

「うむ〜……ヨシツネ、うるさいであろ。目が覚めてしまったではないか。勝手に開けて入ってまいれ。——で、今日はなんの用であるか？」

「決まってるだろ！　家賃！　いつになったら払うんだ！」

「汝《なんじ》はそればかりであるな」

「俺だって言いたいわけじゃない。お前が払わないから言わなきゃいけないんだよ。だいたいお前は……おい、これってなんだ？」

部屋の戸を開けたところに、見覚えのあるブツが。

「なんだ、とは？　ヨシツネよ、忘れてしまったのであるか。魔王の象徴にして余の魔力の源、邪神の杖《つえ》クグサククルスである」

「いや、そうじゃない。それは憶えてる。俺の言いたいのは……………………………………………

……………………………………このACアダプタはなんだってことだよ！」

邪神の杖に刺さってる、このACアダプタのコードは！

赤い宝石も、戦争の頃のようにピカーと明るく光っていた。

「これ、どういうことなんだよ!?」

「見たままである。充電しているところである。いやあ、今まで難儀した。エネルギーを完全に使い切ってから充電しないとバッテリーによくないというのでな。これまで、ずっと充電できずにおったのだ」

バッテリー!?　そんなノートパソコンの電源みたいな仕組みなのか!?

「というか、充電なんかできたのかよ！」

「できぬなどとは言っておらん」

もうなにもかもが台無しだ。

「だが充電するのもいろいろと大変であるのだぞ。充電中にパソコンを使うとブレーカーが落ちるためヒマでヒマで仕方なく、つい学校になぞ行ってしまった。だが、なあに、もうじき充電は完了する。これでもとのライフスタイルに戻れるというものである。また以前のように魔法も使えるようになるしな。

あ、そうそう。実は昨日『これで家賃を』と仕送りを貰《もら》ったのであるが、ついアマゾンで中古のＤＶＤボックスを注文してしまってな。キャンセルも考えたのだが、わざわざ南米から運んでもらうのに断るのはしのびなく……」

薄々分かってはいたことだ。最後に一つだけ言うならば――、
この魔王《アーザ》、今月も家賃を払ってくれない。

キキーッ、

ドーン！

「ギャーッ！　いきなり部屋にダンプがーっ!?」

「ってなんなんだよ、このラスト！」

超ロングパスから衝撃のラストシーン。

魔王アーザ一四世の次回作にご期待ください。

［つづく］

あとがき

「お前、よく考えたらニートじゃないだろ。一応、学生なんだから」

「厳密に言えばそうであるが……響きがちょっと愉快だからニートでいいのである。こう、ニ～っと伸ばして、トッと止める感じが、ほれ」


ふむ、ここがあとがきであるか。

初めての人は初めまして（↑いかにもあとがきっぽい挨拶《あいさつ》）魔王《まおう》アーザ一四世である。

「――って、魔王！　なんでオマエが挨拶してんだよ！　絶対ワケわかってないだろ!?　ここは書いてる人が挨拶とかするところなの！」

ヨシツネはうるさいであるな。しかし登場人物があとがきに出るとか、まるで大昔のラノベのようではないか。ファンタジー小説ブームのころというか。いろいろと寒いであるな。

「じゃあ、どうしてやった!?　誰もやれなんて言ってないだろ！」

この寒さで九月の暑さを乗り切ってほしいという配慮《はいりよ》なのである。

さて、本作は魔王ものである。昨今の流行《はやり》に乗ってみた。二〇一〇年代のラノベ界は魔王ブームであるようだからな。ガガガ文庫ではどうやら来月にも『魔王～』『邪神～』といったタイトルの本が出るようだが、そちらに余《よ》は出ておらぬ。注意せよ。

「余計なこと言うな。でも、そんなに流行《はや》ってるのか？」

うむ流行っておる。無論どれも余がモデルであることは言うまでもない。モデル料くれ。

「くれねえよ！　毒舌《どくぜつ》気取りはいいが、他の作家さんに迷惑かけんな！」

いや待てよ、むしろ『魔王ブームだから侵略しに来た』という設定にしたほうが面白いかもしれぬな……。もし続刊が出たらそうするべきであろうか？　ヨシツネはどう思う？

「どうも思わねえよ！　今、打ち合わせ会議をするんじゃない！　あとがきなんだから！」

ちなみにラノベ界では『魔法少女』『アメコミネタ』『年上ヒロイン』をやりたがる作家は多いが、それらを〝本が売れなくなるのでやめたほうがいい三大要素〟と呼ぶらしい。しかし本作にはどれも入っておらぬ。すべてガマンさせた。褒《ほ》めるがよい。

「三大要素？　じゃあ、もしその三つが全部入ってるラノベがあったら……」

はっはっは、ヨシツネはバカであるな。そんな本あるわけないのである。もしそんなのを書く作家がおったら、そやつは大バカ者なのである。

「でも、ほら『アンチ・マジカル』（他社作品）とかさ……」

そんな本は知らぬ。さて、そろそろお別れの時間なのである。さらばである。機会があったらまた会おう！

「ぜひ、またお会いしましょう」

ちなみにこのあとがき、離れて見ると『パンツ』の文字が浮かび上がるぞ。

「最後の最後でウソをつくな！」

ガガガ文庫9月刊

えくそしすた！6

著／三上《みかみ》康明《やすあき》

イラスト／水沢《みずさわ》深《み》森《もり》

「扉を開く者」あかりちゃんの能力がついに覚醒。このままじゃ、あかりちゃんの命が危ない！　ハーフ悪魔と退魔士、悪魔たちの最後の闘い、どーなる!?

ISBN978-4-09-451293-9（ガみ2-14）　定価600円（税込）

GJ部⑦

著／新木《あらき》 伸《しん》

イラスト／あるや

哀愁ただよわせ、物思う二年目の秋。いつもの部室、いつものテンポでクールダウン。GJ部に負けじとシスターズ活躍！ちょっぴりアンニュイ☆四コマ小説。

ISBN978-4-09-451297-7（ガあ7-7）　定価 600円（税込）

灼熱の小早川さん

著／田中《たなか》ロミオ

イラスト／西邑《にしむら》

万事如才ない高校生、飯嶋直幸。クラスメイトたちを卑下する彼の前に立ちはだかったのは、クラス委員の小早川さん。折り合わない二人が恋人に――!?

ISBN978-4-09-451291-5（ガた1-8）　予価600円（税込）

女子モテな妹と受難な俺③

著／夏《なつ》 緑《みどり》

イラスト／ぎん

大人気ハイテンションラブコメ百合風味第三弾登場！　テスト勉強の名目で明日太の家にやってきた小麦が大騒動を巻き起こす！

ISBN978-4-09-451294-6（ガな6-3）　定価600円（税込）

とある飛空士への夜想曲 下

著／犬村《いぬむら》小六《ころく》

イラスト／森沢晴行《もりさわはるゆき》

ぞくり。千々石《ちぢわ》の全身が総毛立った。『魔犬』として恐れられる千々石の眼前で繰り広げられる、アイレスⅣの華麗な邀撃。ついに決戦の火蓋が切られた!!

ISBN978-4-09-451298-4（ガい2-12）　定価700円（税込）

ドラゴンライズ 双剣士《そうけんし》と竜《りゅう》の嘘《うそ》

著／水市《みずいち》 恵《けい》

イラスト／029《おにく》

凄腕の剣士ノラ、天才魔道師のアイという美人姉妹。半人前剣士のフレイク。三人のギルドのもとに幼女の警護依頼が舞い込む。竜と人とが争う世界の物語！

ISBN978-4-09-451295-3（ガみ1-9）　定価 620円（税込）

魔王が家賃を払ってくれない

著／伊藤《いとう》ヒロ

イラスト／魚《さかな》

勇者との戦いに敗れた恐怖の魔王は、人間界の安アパートで暮らしていた……。元魔王（ニート・17歳女子）と大家の息子による日常系貧乏コメディ。

ISBN978-4-09-451296-0（ガい5-1）　定価 600円（税込）

GAGAGA
ガガガ文庫

魔王が家賃を払ってくれない
伊藤ヒロ

発行　2011年9月22日　初版第1刷発行

発行人　佐上靖之

編集人　野村敦司

編集　望月 充　濱田廣幸

発行所　株式会社小学館
〒101-8001 東京都千代田区一ツ橋2-3-1
[編集]03-3230-9343 [販売]03-5281-3556

カバー印刷　株式会社美松堂

印刷・製本　図書印刷株式会社

Printed in Japan ISBN978-4-09-451296-0